U0486100

长篇纪实文学

青春的方向

李春雷/著

河北出版传媒集团

花山文艺出版社

河北·石家庄

图书在版编目（CIP）数据

青春的方向 / 李春雷著. -- 石家庄：花山文艺出版社，2024.4
　　ISBN 978-7-5511-7174-8

Ⅰ.①青… Ⅱ.①李… Ⅲ.①纪实文学－中国－当代 Ⅳ.①I25

中国国家版本馆CIP数据核字(2024)第061232号

书　　名：	青春的方向
	QINGCHUN DE FANGXIANG
著　　者：	李春雷
总 策 划：	丁　伟
策　　划：	胡连利　胡仁彩
出 版 人：	郝建国
统　　筹：	马丽娟　李　彬　闫韶瑜　刘世斌
责任编辑：	郝卫国　温学蕾
特约编辑：	高　瞻　刘　明　张翠平　吴倩楠
责任校对：	李　伟　杨丽英
封面绘图：	李　丹
美术编辑：	陈　淼　胡彤亮
出版发行：	花山文艺出版社（邮政编码：050061）
	（河北省石家庄市友谊北大街330号）
销售热线：	0311-88643299/96/17
印　　刷：	河北新华第一印刷有限责任公司
经　　销：	新华书店
开　　本：	700毫米×1000毫米　1/16
印　　张：	14
字　　数：	160千字
版　　次：	2024年4月第1版
	2024年4月第1次印刷
书　　号：	ISBN 978-7-5511-7174-8
定　　价：	42.00元

（版权所有　翻印必究·印装有误　负责调换）

目　录

引　　子　青春是什么…………… 1

第 一 章　三月正青春…………… 9
第 二 章　西行记………………… 21
第 三 章　小小红柳……………… 33
第 四 章　寻找自己……………… 53
第 五 章　"大漠侠侣"…………… 69
第 六 章　手机之恋……………… 83
第 七 章　家书抵万金…………… 99
第 八 章　洋羊阳………………… 117
第 九 章　红与青………………… 131
第 十 章　举家搬迁……………… 145
第十一章　四人行………………… 157
第十二章　我爱高原……………… 175
第十三章　到西部去……………… 187

尾　　声　青春的方向…………… 213

引 子

青春是什么

好儿女志在四方,有志者奋斗无悔。

有志者,要到祖国最需要的地方。

祖国最需要的地方,就是基层、西部和边疆!

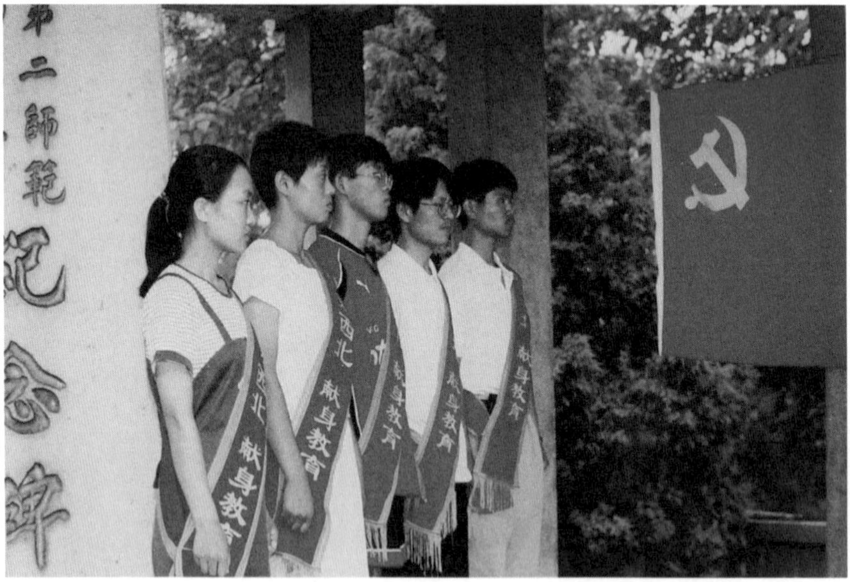

第二師範
西北
献身教育

2024年1月底，我来到新疆维吾尔自治区且末县一中。

采访对象，是10多位24年前毕业的大学生。

2000年8月，他们从河北省保定市的保定学院（当时名为保定师范专科学校）出发，来到这个万里之外的天边小城，教书育人。而后，在此成家立业、开枝散叶。

这些当年的大学生，现在都已成为大学生的父母。他们的青春、他们的人生、他们的信念，早已与这座小城融为一体。他们的生活、他们的习惯、他们的口音，甚至他们的肢体语言，大都已经本地化。谈笑间，他们会不自觉地说"我们新疆""我们巴州""我们且末"……

他们，过去是河北人，现在是新疆人！

第一天见面，是在学校会议室。工作人员把办公桌擦得光光亮亮、一尘不染。

第二天继续采访。当我再一次踏入会议室时，意外地发现桌面上一片灰黄，厚厚一层灰尘，可以记电话号码，可以写采访纪要。

哦，浮尘。

且末县地处塔里木盆地东南缘，县城犹如孤岛，被浩瀚的塔克拉玛干沙漠从三面紧紧地包围。全县沙漠面积有多大呢？约5.38万平方公里。而沙漠距离县城中心，只有一河之隔。北风一年四季卷起黄沙，冲击县城，沙漠以每年10~12米的速度向县城方向推移。

这些年来，当地政府动员群众，在县城和沙漠之间大规模地植绿治沙，生态环境发生了巨大变化，但由于自然条件所限，这里依然是新疆乃至全国风沙天气最严重的地区之一。

最新数据显示：且末县年均降水量仅仅28.51毫米，年均沙暴11天，年均浮尘98天。

当地曾经有一句民谣："且末人民苦，一天半斤土。白天吃不够，晚上接着补。"

本质上说，人类吃些土、受些苦，没有什么，这原本就是我们过往的生活啊。且末百姓，或者说与且末环境相同的人们，也早已习以为常。但人类的行进方向是文明，现代文明中的我们，本能地习惯于越来越舒服，越来越洁净，也越来越挑剔。

试问，生活在城市里的白领丽人、俊朗小伙儿们，你们会选择长期在这样的环境中生活吗？

别说你们，就是我，也会摇头。

因为，我只是一个普通人。

其实，我与我的采访对象们，有着诸多共同点：

都生活在那个年代；都出身贫寒农村；学校更是一样——师专，我只是比他们早毕业10多年。但那时候，更有条件或更有时代环境选择边疆啊！

事实是，我没有。

1987年7月，我从邯郸师专英语系毕业。在此之前，学校曾经倡导同学们前往青海省教书。刚开始，不少同学热血沸腾，但冷静之后，纷纷归于沉默。我们班有两位同学，态度坚决地报名，几天后却又偷偷地撤出了。最后，全校只有一名同学孤身前行。

出发那一天，学校敲锣打鼓，列队欢送。

但是，几年后，我却在邯郸街头遇见了这个同学。原来，他已经悄然调回内地了。

所以，想到自己，想起过往，比照这些坚守在沙漠深处的同学们，我只有震撼，只有敬佩。

走向西部，扎根边疆，这是一个多么激昂的口号，但又是一次多么艰难的行动啊！

它意味着什么？

万里之外，青春、热血、艰辛、迷惘、青年、中年、父母、孩子、未来……

这些实实在在的字眼儿，难道仅仅是文文静静的词语吗，仅仅是方方正正的概念吗？

不是！

绝对不是！

每一个词语的背后，都是一个沉甸甸的人生！

好儿女志在四方，有志者奋斗无悔。

有志者，要到祖国最需要的地方。

基层、西部和边疆正是祖国最需要的地方！

西部边疆，地处偏远。在那里，生活着众多少数民族同胞，物

2000年，即将赴新疆任教的15名毕业生在母校门前合影留念

质条件相对简陋，文化水平相对较低，生活条件相对艰苦。正是因此，才更需要有理想、有热情、有智慧的青年人去建设，去改造。只有那里美丽起来、强健起来，我们的祖国才能整体美丽、整体强健。

24年来，来自保定学院的这些毕业生们像一棵棵红柳、一株株格桑花，扎根西部、扎根边疆，书写着各自的人生精彩。和他们一起成长的，不仅仅是当地的教育事业，还有经济社会发展、民族团结和谐、生态环境改善等。

截至目前，保定学院已有370多名毕业生扎根新疆、西藏、贵州、重庆、四川等西部地区，为当地带去了新的生机和活力。

2002年，10名保定学院支教毕业生抵达西藏日喀则

2014年五四青年节前夕，习近平总书记给保定学院西部支教毕业生群体代表回信，肯定他们的选择"是当代中国青年的正确方向"。

在回信10周年前夕，我特意奔赴新疆，对这一群河北新疆人或新疆河北人进行了现场采访。对于扎根西藏、重庆等地的几位同学，则利用他们春节假期，分别在保定和石家庄等地相约见面，深入交谈。

看着一张张朴实的脸，我知道他们虽已不再年轻，但他们的心，仍然年轻，永远年轻！

是的，他们和全国所有扎根边疆的青年一起，用青春、热血和智慧，建设边疆、美丽边疆，从而把自己都建设成了美丽边疆！

新疆，古属"西域"，意为中国的西部疆域。

西汉建元二年（前139年），张骞应募出使西域，标志着西汉政权与西域各地建立了联系。神爵二年（前60年），西汉在乌垒城（今轮台县境内）设立西域都护府。西域，正式纳入汉朝版图。

光绪十年（1884年），清政府正式在此设省，并取"故土新归"之意，将西域改称为"新疆"。

1949年，新疆和平解放。1955年10月1日，新疆维吾尔自治区成立，首府乌鲁木齐市。自治区的成立，标志着平等、团结、互助的社会主义新型民族关系完全确立，开启了新疆各族人民团结协作、开拓进取的新篇章。

"疆"字，本义为田界，但新疆的"疆"字，却有着更奇妙的解读：左边的"弓"字代表漫长的边境线，同时弓箭又是用来戍边的武器；右边则像极了新疆"三山夹两盆"的地形——"三山"为喀喇昆仑山和昆仑山、天山、阿尔泰山，"两盆"是塔里木盆地、准噶尔盆地。

新疆，祖国的西部边疆！

新疆，一块神奇的土地！

第一章

三月正青春

风萧萧兮易水寒,壮士一去兮不复还……

这首《易水歌》,或许是中国古代最著名的离别歌,表达了远行者苍凉悲壮而又激越澎湃的内心情感。

保定学院的众多学子,就生活在易水河畔!

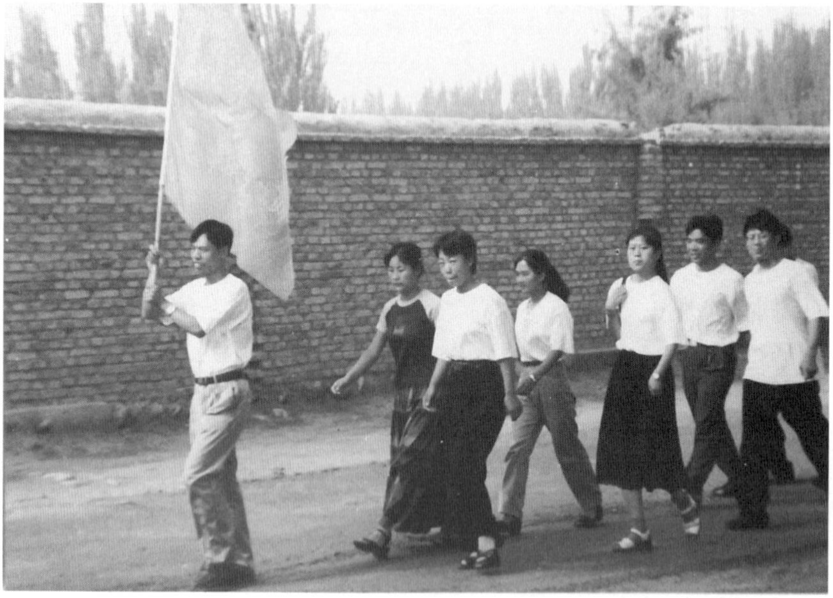

元二，是什么人？

元二，名元常，乃唐代诗人王维的朋友。天宝年间，他奉命出使安西，王维于长安城西北的渭城为其饯行。感伤之余，成就了一首千古名诗《送元二使安西》：

渭城朝雨浥轻尘，客舍青青柳色新。
劝君更尽一杯酒，西出阳关无故人。

安西是何地？

安西，即唐中央政府为统辖西域地区而设的安西都护府的简称，治所在龟兹城。龟兹，在今天的新疆维吾尔自治区库车市。库车市距离本书主人公们工作、生活的且末县城，只有600多公里。

《送元二使安西》一诗，语言朴实，形象生动，道出了古往今来人们共有的依依惜别之情。

清代诗人、文论家沈德潜在《唐诗别裁》中评曰："安西更在阳关外。言阳关已无故人矣，况安西乎？"

这首送别诗作于王维早年，正值盛唐时期。

当年的王维和元二，均属热血青年。

"青春"一词，原指春季，最早出现于战国时期的《楚辞·大招》："青春受谢，白日昭只。"意即春季降临，阳光灿烂，万物复苏，呈现勃勃生机之态。

此后数百年，文人墨客笔下的"青春"，皆为此意。

西晋文学家潘尼，最早赋予"青春"新的含义。他在《赠陆机出为吴王郎中令》一诗中写道："予涉素秋，子登青春。"唐代学者李善注曰："青春，喻少也。"

从此，"青春"，逐渐成为"青年"的代称。

的确，无论是指春天，还是指青年，这个名词，太生动了，太形象了，太传神了。

想想吧，春天来了，春风绕肩，春雨溟蒙。满树的枝条开始泛青和软化，蠕动着密密麻麻、圆圆鼓鼓的绿豆大小的鹅黄。远远望去，像一缕缕缥缈的青烟。叽叽喳喳的山雀和斑鸠们，在青烟袅袅间追逐着、嬉闹着，忽而又呼啸着冲向湛蓝的天空，粉碎成一粒粒细微的尘影。

且末小城东侧的车尔臣河，河水丰盈、波光粼粼。

春分刚过，县城周边的昆仑山、阿尔金山，默默苏醒了。消融的冰凌伴随着纤弱的溪水，开始弹拨起春天的琴弦。似乎一夜间，迎春花、连翘花悄悄登场了，处处鹅黄，满眼明媚。紧接着，明黄的火焰引燃了百花盛开。于是，春天的鲜艳便排山倒海般地扑面而来了：粉白的杏花、火红的桃花、粉红的海棠、菊黄的鼠曲草、湛蓝的鸽子花……

那一片片青翠新绿和姹紫嫣红，仿佛婴儿的脸，又宛若少女的羞，在阳光和暖风中，摇曳着、弹奏着，咝咝咝、嗡嗡嗡、唰唰唰。

那是大地的吟唱，那是太阳的私语，那是永恒的音乐，那是生命的篇章。

还有比春天更美好的时节吗？

人类生命中的青春时期，更是如此啊！可以做各种各样的美梦，可以有各种各样的选择，可以尽情地、狂野地、忘我地去享受生命、阳光、海滩和芳草地……

2000年3月。

就在这新千年的第一个春天里，新疆维吾尔自治区且末县第二中学却陷入了困境：由于教师的流失和小学升初中学生人数的急剧增加，下学年，教师将会严重缺编。计划招收初一新生7个班，却只有一位班主任人选。

俗话说："巧妇难为无米之炊。"没有教师，学校怎么办呢？

且末县教育局和二中负责人急得火烧火燎。

经过紧急申请，县教育局批准了7个岗位名额。于是，二中校长段军带领一班人马，前往内地省份，紧急招聘。

三四月间，正值高校毕业生的求职季。但是，他们从南方跑到河北，走过了10多所院校，颗粒无收。

且末县，位于新疆维吾尔自治区巴音郭楞蒙古自治州南部、昆仑山和阿尔金山北麓、塔里木盆地东南缘、车尔臣河流域，北部深入塔克拉玛干沙漠。

且末县的面积有多少呢？

13.90万平方公里！

如果只看这个数字，大家可能没什么感觉。那么，让我列举几个大家熟悉地域的面积吧！

北京市：1.64万平方公里。

上海市：0.63万平方公里。

宁夏回族自治区：6.60万平方公里。

浙江省：10.18万平方公里。

韩国：10.33万平方公里。

朝鲜：12.30万平方公里。

…………

这样对比，你就会惊诧：该县面积之大，相当于8个北京市、22个上海市，超过近10个省、自治区、直辖市，也超过韩国、朝鲜等国家。

且末县虽然广袤，但超过1/3的面积是沙漠。

且末，维吾尔语称为"恰尔羌"，有车尔臣、卡墙等译名。

作为地名，且末最早见于《汉书》记载的西域三十六国，"且末国，王治且末城，户二百三十，口千六百一十，胜兵三百二十人"；张骞出使西域时，曾将当地信息带回内地；隋大业五年（609年），在且末设郡，并"谪天下罪人，配为戍卒，大开屯田"；唐贞观十八年（644年），玄奘自印度取经回国经且末，在《大唐西域记》中有明确记载；元世祖时期，从内地迁1000余人与元军杂居，在且末屯田；清光绪十年（1884年），清政府在新疆建省后在且末置卡墙稽查局，隶属于阗县；1914年置且末县，隶属焉耆府；中华人民共和国成立后，且末县隶属库尔勒专区；1960年至今，隶属巴音郭楞蒙古自治州。

漫长的历史里，由于自然生态原因，且末古城曾两次被风沙吞噬。最终，且末县城被逼到了车尔臣河边、昆仑山下。

天边小城，万里之遥，黄沙漫漫，缺水少绿。植物都难以存活，人何以堪？

可是，祖国西部边陲总要有人坚守，那里的孩子更需要教育啊！

最后，身心疲惫的招聘团队，摇摇晃晃地走进了保定学院，言辞恳切地向校方表达了诉求。

保定学院，前身是始建于1904年的保定初级师范学堂，由近代著名教育家严修先生创办；1912年改称直隶第二师范学校；1928年随省易名为河北省立第二师范学校（因在保定，人们俗称"保定二师"）；中华人民共和国成立后几经合并，曾用名河北保定师范学校、保定师范专科学校；2007年升格为本科院校，并定名保定学院。

20世纪20年代，由于创办者教育改革理念的开放与包容，便植入了红色基因。爱国青年在此集结，新思想于此勃兴。20世纪30年代初期，学生中中共党员、共青团员、外围组织成员的人数竟然超过全校学生总数的80%，赢得了"北方小苏区"之美名。

1932年6月，保定二师爱国学生为了保护学校不被封停，发起了护校运动。7月6日，这些学生遭到国民党反动当局镇压，38人被捕入狱，8人当场牺牲。

"七六"爱国护校斗争，震动中华大地，为保定二师赢得了"红二师"的美称，激励了一代又一代热血青年。

这段历史，写进了保定二师毕业生、著名作家梁斌的长篇小说《红旗谱》，也写进了保定二师教师、地下党员李英儒的长篇小说《野火春风斗古城》。

风雨变迁，几经易名，校园一次次改换面貌，但"启钥民智，砥砺贤才，胸怀国是，献身真理"的办学思想没有改变，"红二师"的爱国情怀与担当精神没有改变。

100余年的办学历程，奠定了学校深厚的文化底蕴，也为中国革命和建设事业培养了大批人才，其中既有以王鹤寿、杨士杰、铁瑛为代表的领导干部，也有唐澍、王之平等解放军高级将领，还有师昌绪、郭晓岚、臧伯平、刘泽如、丁浩川、梁斌等科教文化界名人，更有近两万名基础教育师资和各类专业人才。

在中国现代教育史上，保定二师与毛泽东曾经就读的湖南省立第一师范学校、教育家陶行知创办的晓庄师范，一并被誉为全国"中等师范的光荣代表"。

早年毕业于该校的中国科学院院士、中国工程院院士、国家最高科学技术奖获得者师昌绪先生曾说过："在我整个的这一生中，二师对我的影响应该说是最大的一部分……因为那时正是我的世界观和人生观开始形成的时期。"

多年以来，保定学院的学生德业兼修、知行并重，红色基因，薪火相传。

且末二中缺编教师的消息一经发出，便在校园里引起了热烈反响，数百名学生踊跃报名。

"谁愿意去西部教书？"

"我！"

"我！"

…………

此时，西部大开发战略刚刚萌芽，距离国家正式启动"大学生志愿服务西部计划"尚有3年时间。这就意味着，当时去西部，并没有任何特殊的政策奖励。

根据以往的经验和教训，为了能给且末县实实在在地留住教育人才，在这次招聘面试中，且末二中方面对所需毕业生提出了两个附加条件：

第一，须是农家子弟。

第二，出身于多子女家庭。

为何这般要求？

或许农村出来的毕业生更能吃苦耐劳，更能适应当地艰苦的条件以及恶劣的环境、气候。且末太遥远了，一旦过去就很难回到亲人身边，如果父母身边没有其他子女，当需要照顾的时候，教师们就会难以抉择……

中国的发展不能没有西部，西部的发展不能没有教育。到祖国最需要的地方去，建功立业，实现人生价值！

面对一张张《河北省普通高校师范类毕业生就业协议书》，他们毅然决然地签下了自己的名字。在协议书的备注栏里，都写着这样一行字：报销单程应聘路费，工资按国家标准如期发放。

这，就是他们当年去西部教书获得的唯一优待！

且末县二中原计划招聘7名教师。招聘负责人万万没想到，报名人数众多，超过预料。于是，他们连夜请示上级主管部门，将招聘名额增加到15个。

难题，一下子又还给了保定学院。

本来，为了鼓励大家积极报名，学院准备召开一次动员会。孰料，动员会尚未召开，全校报名已超过400人。

形势突变，必须马上降温！

于是，学院立即组织人员，苦口婆心地劝说大家慎重考虑，三思而后行。尽管这样，还是有200多人坚持报名。

最后，经过几轮严格面试，好不容易筛选出15人。

这15人中，有6名党员，3名省级优秀毕业生，其中2人放弃了去省内重点大学本科深造的机会。

保定学院一批就有15名毕业生志愿到西部任教，这在河北高校和且末教育史上，都是前所未有！

风萧萧兮易水寒，壮士一去兮不复还……

这首《易水歌》，或许是中国古代最著名的离别歌，表达了远行者苍凉悲壮而又激越澎湃的内心情感。

保定学院的众多学子，就生活在易水河畔！

于是，一首现代版的《出塞曲》，唱响了：

请为我唱一首出塞曲
用那遗忘了的古老言语
请用美丽的颤音轻轻呼唤

我心中的大好河山
　　那只有长城外才有的清香
　　谁说出塞歌的调子太悲凉
　　如果你不爱听
　　那是因为歌中没有你的渴望
　　而我们总是要一唱再唱
　　想着草原千里闪着金光
　　想着风沙呼啸过大漠
　　想着黄河岸啊　阴山旁
　　英雄骑马壮
　　骑马荣归故乡

　　且末县境的周边，有著名的轮台古城和楼兰古城遗址。

　　轮台，汉为轮台国，旧址在今轮台东南。

　　唐宋诗词里，轮台似乎就是边疆或边塞的代称。岑参的"轮台九月风夜吼，一川碎石大如斗，随风满地石乱走""轮台东门送君去，去时雪满天山路"，李商隐的"文吏何曾重刀笔，将军犹自舞轮台"，陆游的"僵卧孤村不自哀，尚思为国戍轮台"等，均为千古名句。

　　楼兰，知名度就更高了。

　　古楼兰国面积广袤，东起阳关附近，西至尼雅古城，南至阿尔金山，北至哈密。但是，公元7世纪，楼兰神秘消失，成为千古之谜。

经考古学家和科学家分析，大约有四种可能性：

其一，丝绸之路改道说；

其二，重大疫情说；

其三，战败灭国说；

其四，环境恶化说。

虽然众说纷纭，但综合分析，第四种原因或许最接近事实：由于沙暴严重，气候干旱，河流改道，无法满足生产生活，人们搬离了楼兰城。

楼兰古城遗址，就位于且末县紧邻的若羌县境内。

且末古城的命运，也与古楼兰城颇为相似啊。

第二章

西 行 记

放眼望去，到处都是沙砾和乱石，仿佛这里刚刚发生过一场石头的叛乱，泥土被镇压了，消失得无影无踪。

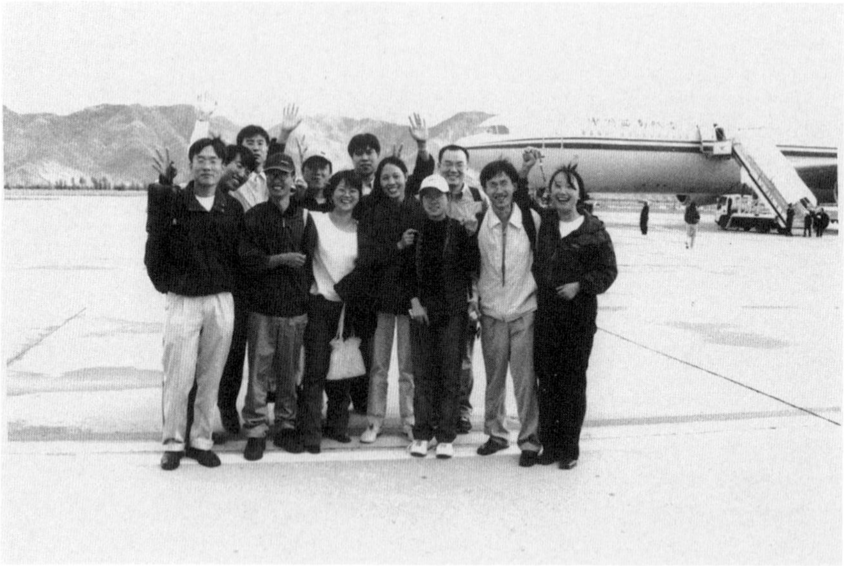

2000年8月5日上午，保定火车站站台。

一群20岁出头、身穿白色T恤的青年男女，正在与前来送行的亲朋好友、老师同学依依话别。

一样的青春面庞，一样的皮箱，一样的服装，一样的目标。

皮箱上印着6个字：保定师专留念。

T恤上也印着6个字：到西部教书去。

母校领导为了让这15名即将远离家乡的孩子得到更多的关爱，总想尽可能地多送几步，再送几步。于是，他们提前向火车站申请，走上站台，把大家直接送上车。同时，还委派学校团委书记刘世斌等4人，一路随行，护送到终点。

时间短暂。男生们紧张地往车厢里搬运行李，女生们则拉着老师、同学或亲人的手，泪目相视。大家一遍又一遍地重复着相同的话，那种肃穆，那种焦灼，那种迷惘，那种酸痛，写在脸上，却又说不出口。

虽然是暂离，却仿佛永别。

"孩子，别担心家里。"

"到了那里，要照顾好自己。"

…………

在凄凄切切的道别声里，女生们总是更容易动情，有人拥抱哭泣，有人默默流泪……

面对前来采访的电视台记者，历史系毕业生侯朝茹是唯一没有垂泪的女生。她留着简洁的短发，面带英气。镜头面前，许是羞涩，许是别的什么，她侧着脸说："我们喜欢教书，我们志愿去西部，我们会尽最大努力为当地教育事业作贡献。"

然而，当镜头移走，她猛然转身，掩面……

再见了妈妈！再见了母校！

呜——汽笛一声鸣响，从此走向天涯。

从河北省保定市出发，乘火车先到达西安，然后再转乘到库尔勒市，要途经河北、河南、陕西、甘肃、新疆等5个省、自治区，行程长达5000公里。

这，仅仅是火车的旅途，还要转乘汽车，穿越塔克拉玛干沙漠。

火车，是那个年代最典型的绿皮火车。因为逢站必停、逢车必让，被戏称为"君子车"。

绿皮火车上，是那个年代典型的特点——拥挤。

车厢内，但凡有空隙的地方都挤满了人。至于行李，更是被挤压了再挤压，让人担心里面的东西会不会全部碎裂。

乘客们，目的地好像都是终点站。每过一站，下车者稀如麟角，而上车者则多如牛毛。

到处是人。行李架上，坐满了人；座椅下面，躺满了人。

过了兰州，窗外绿色渐少，车、房子和人也越来越稀少。最后，什么都没有了，只剩下四面荒凉的戈壁。

放眼望去，到处都是沙砾和乱石，仿佛这里刚刚发生过一场石头的叛乱，泥土被镇压了，消失得无影无踪。置身其中，犹如登临月球。

骆驼草，一坨儿一坨儿地散布着，似粗大的针脚，缝缝连连着杂乱的砾石。

戈壁滩，像一匹巨大的骆驼，似乎正在与列车默默地相伴而行，又似乎静卧于地平线，睡着了。偶尔，可以看到一片片散乱的羊群，黑的、白的、灰的，全都在低头啃噬。牧羊人的衣着，也是黑色、白色、灰色。

天地间，仿佛在上映着一部漫长的默片。

向西，继续向西，越来越荒芜苍凉。

大家趴在车窗边，向外张望，好不容易见到一棵树，就开始琢磨，是不是胡杨？

出发前，虽然大都查阅过有关新疆和且末的资料，但对于西部的种种风貌还只是猜测，甚至连且末到底有多远、具体在新疆哪个位置，都不清楚。

只知道那里属于大漠边陲，只听说那里常年风沙弥漫。

到达库尔勒，已是第三天下午。

终于可以"脚踏实地"了。大家赶紧拖着行李，在广场上伸伸胳膊踢踢腿，活动活动筋骨。

是啊，憋屈了3天，感觉胳膊、腿都不属于自己了，犹如假肢一般。意识昏昏沉沉、迷迷糊糊、呆呆木木，身体下车了，似乎脑壳还留在车上。

库尔勒，维吾尔语的意思是"眺望"。这里不仅是巴音郭楞蒙古自治州首府、新疆仅次于乌鲁木齐的第二大城市，也是南疆重镇及交通枢纽，因盛产驰名中外的香梨而著称，风情迥异，景色秀美，不愧为"塞外江南"。

如果说新疆是中华母亲的锦绣鲜衣，那么库尔勒就是一枚精致的纽扣，灼灼地镶嵌在胸前。孔雀河呢，恰似锦衣下母体内的血脉，贯通南北，融合经济文化。

一条河流，又宛如一株大树，主干之外，多有侧枝和杈丫。这些，便是无数个扁扁圆圆、肥肥瘦瘦的城镇，而那些密密麻麻、星星点点的村村寨寨呢，则仿佛是翁翁郁郁、摇摇晃晃的青叶了。

那一晚，他们观赏了穿城而过的孔雀河，游逛了宽阔的人民广场，对库尔勒印象颇好，一路上的沮丧心情渐渐舒展开来。

他们天真地想，既然且末县归巴州管辖，想必不会太差，也不会太远了。按照家乡市管县的距离，应该是一个多小时的路程吧。

听了他们的想法，当地人窃笑不语，纷纷摇头。

按照既定行程，天一亮就要换乘汽车，横穿塔克拉玛干沙漠，奔向且末。

塔克拉玛干沙漠，位于新疆南部的塔里木盆地中心，是中国最大的沙漠，世界第十大沙漠，也是世界第二大流动沙漠。在维吾尔语里，意思是"走得进，出不来"。西方探险家斯坦因曾将其称为"死亡之海"。

生活在平原地区的他们，从没有见过沙漠，对沙漠的所有想象，只是来自唐朝诗人王维的名句"大漠孤烟直，长河落日圆"，或者是风靡一时的电影《新龙门客栈》。

而今，终于见到了传说和想象。

极目四望，连绵不断的沙丘像丝滑的绸缎，又像曲线优美的睡美人。低头俯视，沙面光滑，清晰地印出小昆虫们爬过的爪痕，弯弯曲曲、花花点点，细微又精致，简单且神秘。

天空呈现出一派宁静的蔚蓝，像远古，似梦乡。突然风起云涌，天宫骤然变成一个纷乱舞台。一团团云朵，生旦净丑，角色分明。白的像棉，黑的像炭，红的像血，灰的像铅，各自镶围着一圈毛茸茸的金边儿。忽而又变成一群群凶猛的怪兽，呼啸着，摇头晃脑，张牙舞爪，是恐龙，是狮子，是匪徒。

一双双眼睛瞪大了，一个个嘴巴张开了，忍不住发出阵阵惊叹。

惊叹，很快又变成了惊恐。

狂风过后，黄天黄地，一片天空罩着一片沙漠，一片沙漠托着一片天空，原始得惊人，空旷得惊人。沙的驼群，沙的狮群，沙的马群，在沙的荒原上疯狂竞奔！

当时，沙漠公路尚未修建，从库尔勒市到且末县，必须先绕道民丰县。原始的沙漠路上，坎坎坷坷，宽宽窄窄。

起初，道路两旁都是白茫茫的盐碱滩，在太阳照耀下反射出刺目的光芒。后来，渐渐能看到一簇簇红柳、一棵棵胡杨了，偶尔还有驶过的车辆和远远站立在沙丘上的骆驼。

在漫天的黄色里，又经过300多公里的颠簸，终于到了大漠深处——塔中。

塔中，只是一个小站，专供人们歇脚。

大家下了车，正要活动一下，猛一抬头，就看到了路边高高竖立的一个钢铁框架，像一道坚固的沙漠之门。

框架两侧和中间的横梁上，书写着一组醒目的大字，就像是一副对联。

    上联：只有荒凉的沙漠
    下联：没有荒凉的人生
    横批：征战"死亡之海"

望着"荒凉"和"死亡"，青年们震撼之余，却又生出无限激荡的勇气。

的确，这是几千年来难以计数的前辈勇士用鲜血和生命换来的生命豪迈，也是人类面对绝境不屈不挠的挑战宣言。

踏着前人铺就的沙路，15名毕业生来到这里。现在，虽然不再有残酷的生命危险，但未来的考验才刚刚开始。

车子跑了整整一天，天黑时才到达民丰县城。

这时，起风了，沙尘顿时铺天盖地弥漫而来。

有人惊呼："沙尘暴！"

司机纠正说："这还不是沙尘暴，顶多算扬尘。"

"啊——"15双眼睛又一次瞪大了，15个嘴巴又一次张开了。

晚饭时，拌面端上来，碗里、筷子上、面条上都沾有沙粒。吃一口，咯吱咯吱响。

嘴巴沉默，嘴里喧嚣。

对于风沙，他们第一次有了最真切、最亲密的体验。

夜宿民丰县城，第二天继续赶路。

2000年8月,支教毕业生一行在赴新疆且末途中的合影

那时候,民丰县到且末县只有一条沙石路,坑坑洼洼。被车轮带起的石子,打得车底啪啪作响。

行至距离且末县城约150公里处,路面被夏季雪山融水形成的洪流冲断了。车子被困在泥水里,熄火了。

男生们全部下车,脱了鞋子,挽起裤腿,喊着口号,一步步一点点,一点点一步步,硬是将中巴推动了!

车子冒着黑烟,慢慢地启动,缓缓地驶出了泥泞……

就这样,经过5天4夜的辗转奔波,大家终于走完了5000多公里的漫漫征程,到达了位于新疆南部的小城——且末。

仅从库尔勒到且末县县城,就耗时整整两天!

8月12日上午，毕业生们正式来且末县第二中学报到。

学校教职工们早已在门口列队等候，夹道欢迎这群年轻的新同事。

二中位于且末县城东南部，门前有一条100多米长的土路，平时一脚踩下去，浮土可以没过整个脚面，但在他们报到的这天早上，路面居然有些潮湿，仿佛刚刚下过一场阵雨。

原来，学校为迎接大家，特意安排师生们将校门前的土路清扫干净，又用水泼洒。

这在缺水的且末，是欢迎客人的最高礼遇了。

大家的心里，呼地涌上了一股暖流。

举行完仪式，青年们每人分到一套崭新的被褥和其他生活用品。看得出，教育局和校领导做了相当细致的准备。

尽管如此，依旧无法掩饰学校的简陋：没有教学楼和水泥操场，几排"人"字结构的小平房就是教室，黑板斑斑点点，地面凹凸不平，一根根绳子悬挂着昏昏欲睡的灯泡，屋内沙尘随处可见……

一边是感动，一边是失望。

理想与现实，立时爆发了激烈冲突。

安顿好大家，刘世斌长长地松了一口气，这预示着他的护送任务即将圆满完成。

圆满吗？

说实话，他的心底忐忑不安。他想到过且末落后，但没有想到如此落后。

那一年，他才27岁，与毕业生们基本上是同龄人。把大家留在这里，将心比心，于心不忍。

他一直在沉默。其实，在火车上的时候，他已经数百遍地暗暗清点人数，唯恐有人中途下车。

是的，这样的事情曾经发生，而且不止一起。

据且末二中校领导说，前些年，当地教育局到外地招聘了几十个毕业生。他们穿越沙漠，好不容易到达县城，但有的同学坚持不下车，直接就回去了；有的人报到后，只干了几天，就丢下行李，不辞而别。而且，他也从侧面听说，今年该学校老师的突然短缺，也正是因为一批来自内地的大学生老师集体辞职。

这些保定学院的毕业生们，能坚持下来吗？

或者说这15人，将来又能留下几个呢？

一切，都是未知。

返程时，刘世斌不敢触及大家的目光，唯恐看到任何一个人无助的眼神。

…………

15名毕业生，甫一上岗就被学校委以重任，其中6人直接担任初一年级班主任，其余的则陆陆续续地被充实到毕业班教师队伍中。

且末古城，与楼兰古城一样神秘。

曾经，且末也是丝绸之路上的一座重镇，为西域三十六国之一。据《汉书·西域传》载，汉朝时期，且末国人口1610人。

南北朝时期，鼎盛的且末国是西域各国经济文化的中心。北魏高僧宋云途经时曾写有《宋云行记》，其中记载："城中居民可有百家，土地无雨，决水种麦，不知用牛，耒耜而田。"

后来，也是莫名原因，且末国逐渐衰落，最终被沙漠淹没，至今无踪无影。

漫长历史里,且末境内虽有人口生存,但由于环境原因,游移不定。

现今且末县城的雏形,大约始于清乾隆年间。

据《且末县志》记载:乾隆二十四年(1759年),清政府在此设稽查卡,属和田办事大臣管辖,时有居民400余户;1914年,北京国民政府批准成立且末县,龙协麟为县知事;1949年,全县人口仅有3600人左右,县城范围只有1平方公里,全是破旧土平房。

中华人民共和国成立后,且末县各项事业全面发展,但由于种种原因,发展速度缓慢。直到改革开放之后,县城才有了楼房,才有了硬化路面。

由于被沙漠紧紧包围,生态环境恶劣,且末县城,时时面临着灭顶之灾。

为了阻挡沙漠向县城推进,筑起生态防护屏障,1998年,且末县成立了防风治沙工作站,并启动了河东防沙治沙生态工程……

第三章

小小红柳

我的家,

在塔克拉玛干的红柳树下。

棵棵红柳,

呵护着刚刚种下的哈密瓜。

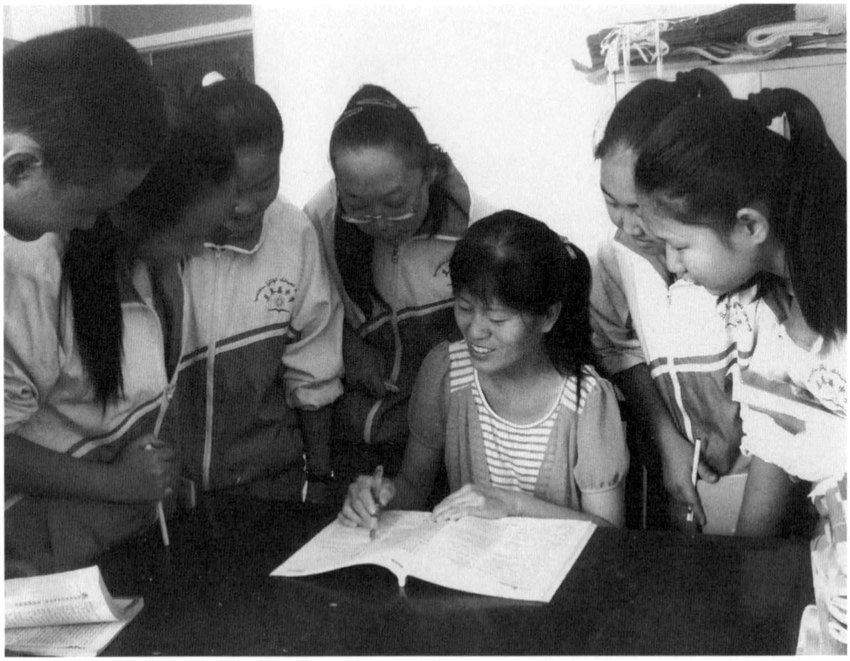

李桂枝，女，1978年10月生，河北省定州市人。2000年毕业于保定学院中文系，随即赴新疆且末任教。2002年11月加入中国共产党。现为且末县一中教师。曾获全国巾帼建功标兵、新疆维吾尔自治区优秀教师等称号。

车尔臣河的水，塔克拉玛干的沙
记得那一年，为了妈妈的强大
我们奔向了遥远的老阿那
小小的红柳，种在了我们新的家
初春的一天，狂风卷着黄沙
天，一片漆黑
要把我们连根拔
我们哭喊着："妈妈——妈妈——"
狂风过后
紧紧抱着我们的是老阿那
她呼喊着："古丽，小巴郎，不要怕。"
脚下晶莹剔透的宝石沙
已经把我们埋下

晚霞映照着的脸庞更加灿烂

似乎身上已经没有了伤疤

昆仑山冰雪融化

咆哮的冰水，我们没有害怕

却让我们把根深深扎下

妈妈，亲爱的妈妈

狂沙冰水洗礼的小小红柳，已经长大

孕育了新的萌芽，新的萌芽……

——摘自李桂枝诗歌《小小红柳》

  李桂枝从小就是一个比较内向且有些自卑的女生，不太喜欢回家。家里有3个姐姐、1个弟弟。她总是感觉自己在家里不受重视，也没有地位。

  上中学的时候，学校来了几位年轻老师，阳光、博学，让人羡慕。不经意间，她心底萌生了自己的梦想——当老师。高中毕业，填报志愿时，她自觉地选择了师范。

  在保定学院，专业是中文。她原本就喜欢文学，喜欢写诗。于是，她的所有时间都是文学，都是诗歌，都是自我。

  弱姑娘，内心也有英雄气呢。且末二中前来招聘的时候，她没有多少犹豫，直接就报名了。

  既然那里特别缺老师，那么自己就做一个拓荒者，在孩子们心灵上打开一片天空。而且，在那里，自己更被需要、被尊重。她越想越坚定，越想越激动，内心被一股莫名的热流鼓动着。我要去！我要去！

刚到且末不久的李桂枝

    对于新疆的想象，就是面积特别大，维吾尔族姑娘能歌善舞，葡萄大又甜。

    但是，怎么与家人说呢？虽然家里孩子多，但父母肯定舍不得。

    果然，妈妈坚决不同意，哭着闹着让她撤回协议书。

    她哄骗说："不行啊，违约要赔一大笔钱的。"家里穷，有外债，妈妈最心疼钱，这是一个硬实的理由。

    不想，妈妈毫不犹豫："赔多少钱，我们也拿，只要能撤回协议书。"说着，就让爸爸张罗着借钱。

    她又赶紧说："毁约就是犯错误，是要记入档案的。"

    这一下，妈妈不说话了。

    到且末二中报到后，首先是试讲。

    试讲之后，学校从他们15人中一下子就选出了6个班主任。其中，她是唯一的女老师。

为什么选她呢？

老教师的评语是：这女娃胆子大，不怯场；板书好，有筋骨。

上班伊始，便被委以重任。可想而知，最初的她，对于工作和生活，有多么不适应。

班里有一个名叫吐逊江的维吾尔族男生，基础差，上课时要么与人说话，要么就是趴在桌子上睡觉。多次提醒，置若罔闻，让李桂枝特别头疼。

有一次，李桂枝布置学生们写作文，题目是"我的母亲"。吐逊江并没有按照要求写，而是写了"我的姐姐"。她原本有些皱眉，谁知看着看着，眼圈竟然红了，很多句子虽然不太通顺，感情却很真挚。看来这个浑小子并非总是那么满不在乎，内心深处也有柔软一角。

第二天，李桂枝检查学生们对生字的预习情况，发现吐逊江和三个汉族男生在拼音方面错误较多，明显是小学时就没有搞懂。尤其是吐逊江，连"q"和"d"都分不清楚，声调也不知在哪儿标注，更不用说前后鼻音了。

李桂枝决定利用周末休息时间，帮他们4个人补习拼音。

他们的声母基础没有大问题，只是有几个韵母和前后鼻音分不清。于是，李桂枝从他们认识的字开始，先让他们发音，再看自己演示，看气流从哪里发出，然后区别前后鼻音。

一番周折后，其他3个学生终于弄懂了前后鼻音的区别，但吐逊江的声母发音还是出错，甚至越学越乱，渐渐变得焦躁不安起来。

怎么办？放弃还是继续？

李桂枝内心烦闷，又气又累，只好停下来，让吐逊江先出去休息一会儿。她不经意地拿起笔，在纸上信手涂鸦，画了一个气球。远远看去，就像一个大大的"q"。

李桂枝突发奇想，如果用联想的方法，把字母转化成实物，更直观更形象一些，是不是会有效？

这时候，吐逊江好奇地跑过来，看她画画。

李桂枝趁机问："你看这像什么？"

"气球。"

"像咱们刚学的哪一个字母？"

吐逊江眨眨眼："哦，像'q'。"

"对了，你的联想能力很强。'q'像气球飞得高，下面的尾巴，就是我们手中牵的线。"

说着，她又画了一匹马："你再看马蹄，像哪一个字母？"

吐逊江答："我知道了，像'd'。"

"是的，你真聪明！马蹄马蹄'd、d、d'，上面的线就是马腿，蹄子肯定是在腿下面了。"

"哈哈，老师，我记住了，真有意思。"

一会儿工夫，吐逊江就掌握了这两个声母的发音。他高兴得手舞足蹈，像刚刚考了100分。

"老师，下个周末我还来学！"

看着昔日刺儿头学生满脸兴奋的样子，一种成就感和幸福感，油然而生。

周一，升完国旗后，第一节课便是语文。李桂枝注意到，吐逊江既没有睡觉，也没有说话和做小动作，竟然主动与大家一起朗读课文。尽管发音仍然不够标准，但态度特别认真，声音格外洪亮。

整整一天，吐逊江表现良好，没有学生告状，也没有老师投诉。

转眼周末又到了。补习完韵母后，李桂枝主动与吐逊江聊起来。

交谈中，她得知吐逊江自幼父母双亡，跟着姐姐、姐夫一起长大，与姐姐感情很深。恍然间，她想起了那次写作文的事情。

聊完家庭，又聊起小学生活。

李桂枝说："你小学时表现怎么样？"

吐逊江不好意思地笑了笑："那还用说吗？小学老师根本不管我，也管不住我。作业想写就写，不想写就不写，打架、逃课、顶嘴、上课说话是家常便饭……"

李桂枝笑了，也明白了，拍拍他的肩膀说："以后你能做到在课堂上不乱说话、不做小动作、认真听讲吗？"

吐逊江点点头："我试试看吧，尽量提醒自己做到。"

李桂枝看着他的眼睛："好，如果有困难，可以随时来找老师。"

吐逊江郑重地点了点头。

从此，她就格外关注和关心这个学生，但凡看到他的任何进步和优点，总是不吝夸奖。

事实上，吐逊江学习成绩虽差，但动手能力很强。

冬天来临的时候，学校拉来一大车煤，通知李桂枝带着学生去领煤和炉子、铲子等取暖用具。

东西领来了，刚从内地来的李桂枝却有些不知所措。

吐逊江走过来说："老师，我会。让我来吧。"

说着，他就带领几个男生熟练地干起活儿来。他们有的搬桌子，有的和泥，有的把烟筒一段段连接起来。不一会儿，炉子搭好了，烟筒也架好了，一切准备就绪，只待烧火了。

第二天一大早，学生们从家里带来了木柴。

李桂枝把木柴堆进炉子里，又放了一团引火纸，点燃。纸很快就烧完了，柴却一块也没有引燃。只好再放纸。不大一会儿，备用的纸全都烧光了，木柴只是微微变黑。

教室里烟雾腾腾，呛得大家纷纷咳嗽。

吐逊江说："老师，这样点不着的。你要把柴架起来，把纸放在下面，留出空隙，才容易点燃。"

在他的操作下，木柴很快就燃烧起来，由袅袅而盈盈，由盈盈而熊熊，噼噼啪啪，噼噼啪啪。杏黄色的火苗，摇曳多姿，仿佛在炉膛里跳舞。

吐逊江拍拍手说："现在可以加煤了，要先加小块煤，再放大块的……"

不久，炉膛里变得红通通。

学生们都围过来烤火，吐逊江却退到后面去了。

李桂枝笑道："看不出来，你还挺能干的。快过来烤烤吧！"

吐逊江说："我在家都是自己生火，早就学会了。我年龄大，不怕冷，让他们烤吧。"

多好的孩子啊！

李桂枝第一次发现，这个平时不那么受老师待见的"差生"，竟然如此可爱！

春节临近。

刚刚适应校园环境，学校却要放寒假了。

且末的冬天本来就寒冷漫长，放假后的感觉更是如此。

是啊，放假了，同伴们有的回老家了，有的与男朋友在一起。回家的火车票太紧缺，很难买到。而且，票价不菲。斟酌再三，还是放弃回家过年的打算吧。

没有学生，没有繁忙，内向的她，孤独的心境不言而喻。

不眠之夜，她常常走出屋子，来到操场上，望着周围一片漆黑。夜幕上点缀着几颗星星，诡谲地眨眼，让人感觉一切都是那么神秘莫测。有时候，连星星也看不见了，夜黑得像没有缝隙的固体。路面坑洼不平，每走一步都仿佛要和什么东西碰撞。土堆、树木、石头，看起来迷离恍惚，似乎一切东西都变成了活物，都在默默地酝酿着不大不小的意外……

除夕，一个万家团聚的时刻。她一个人待在宿舍，竟然不想给家人打电话，也不想找留在且末的同事倾诉，而是独自坐在窗前……

想着想着，看似倔强的她，突然脆弱，突然崩溃。不知不觉中，泪流满面。

或许，哭不是因为软弱，而是因为坚强了太久。

关上门，屋里的夜比外面更黑；闭上眼，心中的夜比屋里更暗。

于是，她赶紧换上最鲜艳的衣服，强迫自己走出宿舍，走出内心的孤独。

望着满天烟花，她忽然想起了一句名言："活着，是生命的形式；而微笑，则是生命中最绚丽的花朵。"

就这样，朝着东南，朝着家的方向，她努力让自己微笑起来。

一抹猩红的曦光，静静地涂染在且末的土地上，像新鲜的蛋黄，颤颤的。

一座山，一棵白杨树，一个穿红绒衣的女教师，岿然不动，迎着日出的方向站立，像一幅静止的画面，画出了清晨，画出了深思……

漫长的冬天终于过去了，且末的春天伴着沙尘滚滚而来。

为了让自己尽快在教学上成熟起来，李桂枝决定多听听老教师的课，取长补短，同时进一步严格要求自己的学生。

早读时，李桂枝开始逐个检查学生们前一天晚上的预习情况。结果发现，只有极个别学生做了预习，但也是马马虎虎。

她不禁怒火中烧："不是说过很多次了吗？从入学就讲明了预习要求，为什么现在几乎都没有做？"

学生们全低着头，不敢说话。

这时，班长站起来，小心翼翼地说："老师，您以前从来没有检查过，所以我们也都一直没有坚持预习……"

听完，她感到脸上火辣辣，真是"教不严，师之惰"啊。

从此，李桂枝每天都早早地来到教室，履行职责。几次下来，同学们都做得很认真、很仔细。

一天早上，她满意地说："最近同学们表现得很好，希望大家以后每天都能这样用心对待学习，现在开始自由朗读课文吧。"

话音刚落，学生们便高声读起书来。

李桂枝也拿起课本，加入了学生们的朗读队伍。

那琅琅的书声，伴着春风，飘出教室，飘出校园，在小城的上空久久回荡……

学校准备举办春季运动会，要求每个班都必须参加入场式，展现自己的特色与风采。

经过商议，班里一致决定：每人手持一个花环，队伍后面再由两个同学高举一个横幅。

花环可以让学生自己制作，李桂枝能够写大字，可是谁来做横幅呢？毕竟，学校只提供布料。

这时，艾尼江站起来说："老师，交给我吧，我们家有很多木棍，我可以利用中午时间做好。"

第二天午饭后，李桂枝本打算休息一会儿，但想到运动会的准备工作，想起艾尼江说的话，决定去看一看。

李桂枝为学生加油鼓劲儿

一进教室，她瞬间惊呆了：艾尼江已把两根木棍削好了，正一个人费力地绑着横幅。

"你中午没回家？"

"对呀。"

"吃过饭了吗？"

"吃过了。"

"在哪儿吃的？"

"我自己带的饭。因为我家离学校远，回去吃饭来不及，中午都不回家的。"

一时间，李桂枝愣在那里，不知道说什么才好。

自己的学生每天都在教室里吃午饭，而她这个班主任竟然一无所知。天气这么冷，饭菜一定是冰凉的。她了解许多维吾尔族朋友的吃饭习惯，午饭只用一块干馕泡热水吃。可想而知，艾尼江也是如此，甚至连一口热水都没有喝。吃完后，一个人还要默默地为班级服务。

李桂枝曾看过这个维吾尔族男孩儿的作文，了解他家并不富裕，但他总是充满阳光，什么时候见到老师、同学，都是友好地微笑。

运动会入场式那天，班里的学生精神饱满，口号响亮，再加上精心的设计，赢得了全场掌声，还获得了精神文明奖。

第二天中午放学后，学生们都回家了，只有艾尼江一个人留在教室里。

李桂枝走过去说："以后你中午和我一起吃饭吧。"

他笑着说："谢谢老师，不用了，我带着饭呢。"说完又道，"老师，我是维吾尔族人，咱们生活习惯不一样。"

可是，看着自己的学生干吃冷饭，她于心不忍啊！

想了想，李桂枝把办公室的备用钥匙交给他："以后可以到那儿去吃，暖壶里有热水。"

这一次，艾尼江没有拒绝，连声道谢，接过了钥匙。

李桂枝如释重负地出了一口气。她感觉自己应该谢谢艾尼江才对，因为从这个维吾尔族男孩儿身上，她学到了乐观和坚强。

第二学年开学已经两周了，李桂枝仍未把收上来的学杂费交到学校财务室，因为班里还有两个学生没有交费，就是艾尼江和巴哈尔古丽。

她在课堂上委婉地提醒过几次，可都没见他俩行动。

李桂枝以为他们忘记了。一天上完课，她又特意嘱咐："艾尼江、巴哈尔古丽，你们俩下午记得交学杂费。"

说完，就急匆匆地走了。

翌日，艾尼江悄悄找到她，低着头红着脸说："老师，我家里现在没钱，能不能等收完棉花再交？到时候我妈妈会给您送来……"

李桂枝点点头："好吧。"

但艾尼江还不肯走，又吞吞吐吐地说："老师，您……您以后能不能别在班里点名说谁没交钱了？"

她一怔，突然意识到自己随口说的一句话，伤害了孩子的自尊心。于是，连声说："噢，对不起，对不起，老师以后一定注意。"

晚上，李桂枝躺在床上，回忆起白天的一幕，怎么也睡不着觉。

她想起巴哈尔古丽的穿着，想起艾尼江带的干馕，想起他家离学校较远，为了不让自己迟到，每天奔跑到校时都是满头大汗的情景。

想着想着，她默默地站起来，从刚发的工资里抽出400元，放入应上交的学生款中。

一个月后的一天，中午快下班时，办公室里来了一位五六十岁的维吾尔族妇女。她用维吾尔语和维吾尔族老师说了一大串话，然后根据对方指引的方向，向李桂枝的办公桌走来。

李桂枝抬起头："您是……"

维吾尔族妇女颤抖的手在口袋里摸索了半天，掏出一块手帕，慢慢打开，掏出200元钱，交给李桂枝。

维吾尔族老师说，她是来给孩子交学杂费的。

"给谁交？"

李桂枝正在纳闷儿，艾尼江进来了："老师，这是我妈妈。"

李桂枝恍然大悟，连连摇头："不用了，不用了，已经交过了，这钱你们留着用吧。"

艾尼江转述给母亲。谁知她听后，更是坚持要给。

李桂枝呢，则坚决不收。

几番争执后，艾尼江的母亲只好把钱收起来，从口袋里掏出3个香梨，一个劲儿地往李桂枝手里塞。

李桂枝看着她风尘仆仆的样子，还不时用舌尖舔着干裂的嘴唇，心想，她走了那么远的路，一定又累又饿，说什么也不肯接受。

艾尼江说："老师，您就收下吧，要不然我妈妈该以为您嫌弃她了。"

李桂枝恭恭敬敬地接过去，心里暖洋洋的。

班里有一个女生依利米努尔·艾麦尔江，不仅学习成绩好，而且形象好、气质佳、情商高。

这个小女孩儿虽样样出色，字却写不好，犹如蚯蚓，一环套着一环。

李桂枝对她说："字是一个人的门面，考试时还有卷面分。作为学生，无论如何，一定要写得工工整整，让人看得清清楚楚。"

在李桂枝的严格要求下，依利米努尔·艾麦尔江进步很快。一个学期之后，书写就变得整齐且秀丽了。

李桂枝根据她活泼的天性，安排她担任文艺委员。

可是不久，李桂枝又发现一个问题：班里的个别男生特别喜欢找她聊天儿，而且聊起来没完没了。

花季雨季，少男少女，如果不加以引导，恐怕会影响学习。

有一天，李桂枝专门把依利米努尔·艾麦尔江唤到办公室，认真地问："你的梦想是什么？"

小姑娘莞尔一笑："做一名电视节目主持人。"

李桂枝说："主持人看起来风风光光，可台上一分钟，台下十年功，不仅要口才好，还要有深厚的文化修养。"

依利米努尔·艾麦尔江点点头，若有所思。

李桂枝说："所以啊，从现在起你就要开始努力了，千万不要被其他事情耽搁啊！"而后，深深地看着她，似乎想说什么，却又没有明说。

小姑娘已经明白了什么，说："放心吧，李老师，我知道该怎么做了。"

果然，之后的依利米努尔·艾麦尔江仿佛变了一个人，不仅好好学习、认真练习主持基本功，而且在与男同学相处时，变得理智且有分寸了。

一切，都在朝着理想的方向发展。

后来，依利米努尔·艾麦尔江顺利考入县一中；3年后，又以优异成绩被中南民族大学新闻传播专业录取。

2019年，在中央广播电视总台举办的主持人大赛上，依利米努尔·艾麦尔江表现突出，进入总决赛，并最终收获铜奖。

她，就是如今国内播音主持界小有名气的新疆姑娘"小米"。

2002年11月，李桂枝加入中国共产党。该年度，且末二中只有一个入党名额。

那年寒假，她第一次回家探亲。

返回之后，李桂枝开始努力学习维吾尔语，因为她已经下定决心，扎根新疆，做一棵教育界的小小红柳。

2003年6月，中考如期而至。她第一次担任班主任带了3年的学生就要毕业了。

听着考试入场铃声响起，李桂枝感觉自己比学生还要紧张。

3天之后，考试结束，老师继续到校，填写学生档案。而学生们呢，各回各家，等待成绩公布。

昔日人声鼎沸的教室，瞬间冷清下来。

她一个人来到教室，摸摸那陪伴了孩子们3年的课桌，擦擦那凹凸不平的黑板，给窗台上有点儿枯萎的花草再浇浇水。

往事历历在目，挥之不去。

不知不觉，泪水滂沱。

再见，孩子们！

3年的风霜雨雪，1000多个日出日落，她早已不再是那个刚毕业的女大学生。她和孩子们一起，都长大了。

不久，成绩公布，她执教的班是全年级第一名。

这一年，她被评为且末县优秀班主任。

也是在这一年，李桂枝与陕西省乾县籍的同事——英语教师王玉全结婚。两个从外地来此漂泊的年轻人，从此扎根且末，安家落户。

2008年，伴着北京奥运会的喜庆气氛，两个人爱情的结晶也呱呱坠地。

2019年，她被评为自治区优秀教师。

2023年，她荣膺全国巾帼建功标兵的称号。

20多年过去了，如今的李桂枝，已经成为且末县教育界的一位名师。

李桂枝的女儿，即将中学毕业，而且像她一样，也喜欢文学，也喜欢写诗。

女儿在诗中写道：

我的家
在塔克拉玛干的红柳树下
棵棵红柳
呵护着刚刚种下的哈密瓜
红柳啊，红柳啊
炙热的阳光下

你为葡萄藤搭起了绿色的廊架

在红柳树下

我弹起了心爱的冬不拉

唱着

我的家

在塔克拉玛干的红柳树下

我的家

在红柳树下

…………

2000多年前,且末的土地上,也曾来过一位热血青年。

张骞(?—前114),字子文,西汉汉中成固(今陕西城固东)人,汉代杰出的外交家、旅行家、探险家,丝绸之路的开拓者。

西汉建元二年(前139年),年轻的张骞应募,由长安出发,率领100多人出使西域。元狩四年(前119年),张骞奉命再次出使西域。两次出使,打通了汉朝通往西域的南北两条道路,即赫赫有名的丝绸之路。

从此,中国人通过这条通道向西域和中亚等国出售丝绸、茶叶、漆器和其他产品,同时从欧洲、西亚和中亚引进宝石、玻璃器等产品。

这条通道,古今闻名。

丝绸之路伟哉!

热血青年张骞!

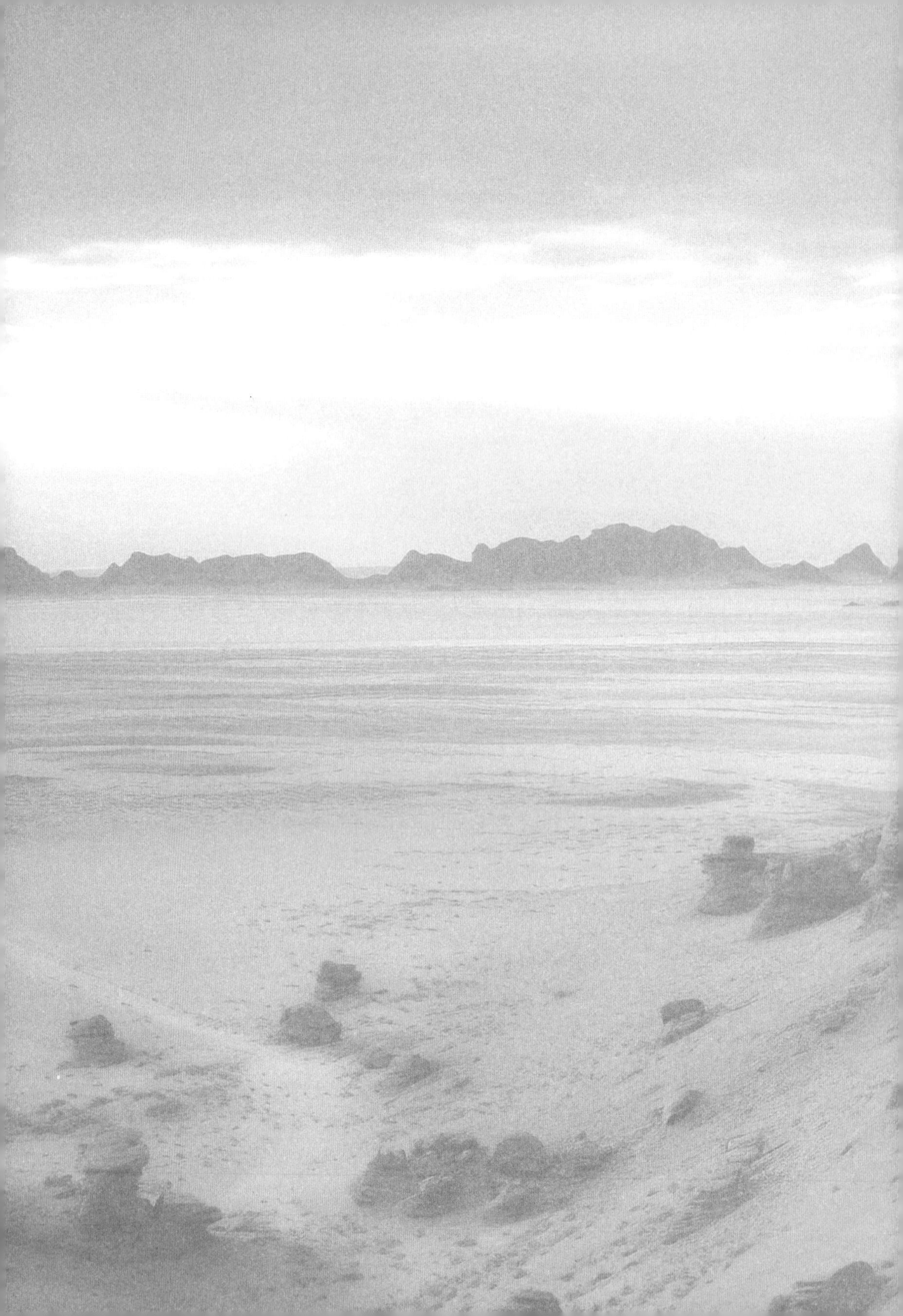

第四章

寻找自己

烛光闪闪中,一张张笑灿灿的脸庞、一双双亮晶晶的眼睛,围绕在井慧芳的周围。

哦,今天是自己的生日,自己却忘记了。

吹蜡烛,许心愿。井慧芳眼含着泪水,按照学生们的指令,乖乖地一一照做。

此时的她,仿佛变成了一个听话的学生。

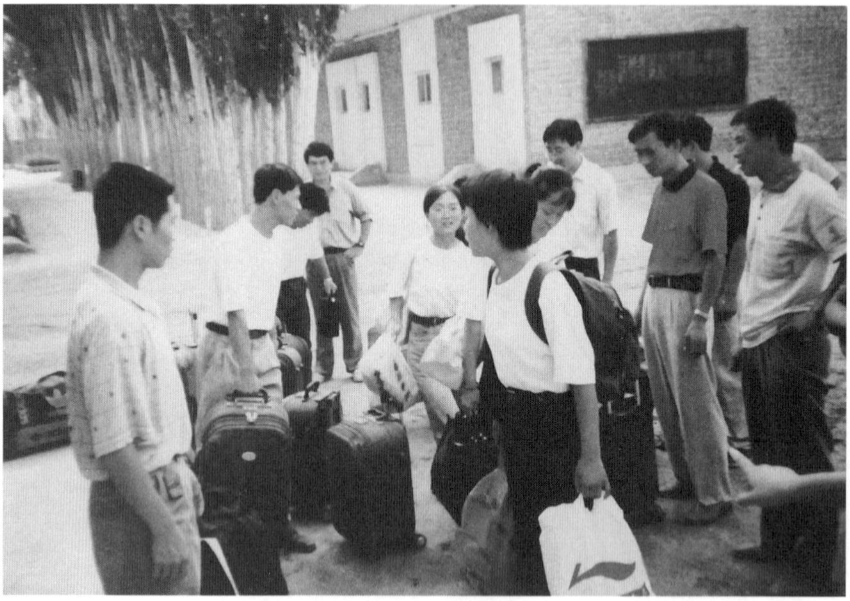

井慧芳，女，1979 年 9 月生，保定市徐水区人。2000 年毕业于保定学院中文系，随即赴新疆且末任教。现为且末县一中教师。曾获巴州青年五四奖章、先进工作者等称号。

陈荣明，男，1978 年 4 月生，保定市涞水县人。2000 年毕业于保定学院物理系，随即赴新疆且末任教。现为且末县教育局人事科长。曾多次获且末县优秀教师、优秀教育工作者等称号。

文文弱弱，娇小玲珑，虽然面色憔悴，依然气质优雅。

当这个小女生模样的中年女人静静地坐在我面前时，很难想象她不仅是两个孩子的母亲，还是曾经创造且末县历史上最好高考成绩的班主任。

聊起过往，井慧芳先是沉默。而后，慢慢地却是深深地点点头，似乎是已经做出了一个重要决定。于是，她向笔者讲述了那一段不堪回首的少女记忆。

从记事起，父亲务农之余，就是赶着毛驴车，在十里八乡收购麦秸秆，送往造纸厂。风里雨里，吭吭哧哧，虽然收入微薄，却也可以支撑五口之家。

然而，1992 年左右，由于各级政府执行新的更为严格的排放标准，当地造纸业遭遇重大危机，订单量急剧下滑。这样，工厂减少原料需求，导致麦秸秆无处销售。

生意不好做了，聪明人见风使舵，另起炉灶，东方不亮西方亮。可老实内向的父亲找不到其他出路，忧心忡忡、烦躁不安，整天躺在床上唉声叹气。

屋内烟雾缭绕，床下满地烟头。

彼时，社会上对抑郁症还认识不够。

那一年，井慧芳只有14岁，下面尚有一个妹妹和一个弟弟。弟弟最小，只有两岁。

据井慧芳事后分析，其实造成父亲抑郁的最深层原因，还在于农村根深蒂固的重男轻女旧观念。原先，家里只有她和妹妹两个女儿，经常被人指指点点，骂作"绝户"。母亲直到40多岁时，才诞下一个男孩儿，但在那个年月，年过60便是老者，指望不上啊，仍是被人嘲笑。每每想到这里，敏感的父亲便自卑自失、内心郁结。再加上小生意的失败，更让他绝望，直至崩溃。

井慧芳清楚地记着父亲出事那一天的枝枝叶叶。

那是1993年8月的一个早晨，淫雨绵绵，已经下了6天6夜。天地混混沌沌，让人沉闷难耐。母亲在厨房里做饭，井慧芳帮忙烧火。柴火异常潮湿，费尽力气也点不着，浓烟滚滚，呛得眼酸鼻辣。母亲急得满头大汗，就向躺在床上的父亲吼道："你一个大老爷们儿，不能过来搭把手吗?!"

父亲瞪着血红的眼睛，暴躁地指天骂地。

争吵中，母亲又说了几句过激的话。父亲愈加狂躁，气冲冲摔门而出。

不一会儿，父亲又凶巴巴地回屋，钻进被子里，一股浓烈的农药味扑鼻而来。

敏感的井慧芳最先闻到了，大叫："妈，我爸喝药了，快点儿救他！"

同时，冲出院子，大喊："快来人哪——快来人哪——"

街坊邻居闻讯赶来，想把井慧芳的父亲摁到排子车上，拉去医院。谁知父亲去意已决，竭力挣脱，怎么也不肯就范。折腾了半天，好不容易才启动车子。刚走到村口，父亲便口吐白沫、气息全无……

父亲去世的全过程，井慧芳眼睁睁地看着。可想而知，这对她造成了怎样的刺激和伤害。

那时候，她正读初二，原本优异的成绩迅速坠落谷底。夜里常常梦见父亲在呐喊，醒来一声长叹，两眼泪花。

家里更是雪上加霜。母亲一人照顾庄稼，还要看护年幼的妹妹、弟弟。

俗话说："寡妇门前是非多。"那些年，母亲不知遭受了多少冷言冷语。

有一次房子漏雨了，需要翻修，母亲跟着拖拉机，到100多里外的地方去拉白灰。狂风打肿了脸，白灰灼红了眼。需要木料，无人可以求助，她只好又跑到50里外的县城，一根根地从圆木堆里挑拣出来，手指都磨破了……

每当看到母亲一人苦撑的样子，井慧芳就莫名地难受，感觉自己真是没用，经常惭愧和自责。

在老师的鼓励下，她及时调整情绪，努力迎接中考。

通过自我加压，井慧芳在学习上终于找到了感觉。特别是英语，她用最短的时间，恶补初中课程。对于每一篇课文和习题，全部复习多遍，熟记在心。每天凌晨，她就开始背靠一棵大树，高声朗读，直至天光大亮，而后走进教室，再与大家一起晨读；中午，她从来不午休；晚上，学校熄灯后，她点亮蜡烛，孤灯奋战，直到夜半。

没有白天黑夜，没有日升月沉，没有伙伴，没有零食，她全部的开销就是母亲为她批发的一摞摞演算本和一根根圆珠笔。

不几天，一个个演算本就爬满了黑压压的蚂蚁，一根根圆珠笔就变成了白花花的皮囊。

春天来了，下起了细雨。植物发芽了，叶瓣吐出来了，虽说很柔弱，然而每一株小苗，天生具备向上的力量，即使头顶上覆压着石头，它也能侧着身子，顽强地生长，一点儿又一点儿……

终于，成绩起死回生，她考上了县重点高中。

高中阶段，井慧芳表现优异，本来可以免试保送河北大学或河北师范大学，但心气儿颇高的她主动放弃了，她的梦想是北京大学或北京师范大学。没想到，高考时发挥失常，最终来到了保定学院中文系。

内心，又一次遭受沉重打击。

大学生活按部就班，波澜不惊。说实话，直到毕业那年，她也没有设想过自己的未来。

她，实在是还没有从阴影中走出来。

且末二中来保定学院招聘的那一天，她鬼使神差地就报名了。

梦魇被摁压在心底，太久太久，孤独、黑暗、缺氧。但现在，仿佛是遇到氧气的火星儿，一下子就腾起了又红又亮的火苗。

或许，她只是想走出父亲的阴影，走出熟悉的一切，走得更远一些，更远一些……

刚到且末时，同行的校友不少人当上了班主任。校领导可能看她太过瘦小，又偏于木讷，就只是让她担任语文教师，甚至连课程量也有意减少了一些。

为了证明自己，她暗暗攒足了劲儿，白天一有空儿就去听老教师讲课；晚上回到宿舍，把饭桌当讲桌，前面摆上几把椅子当学生，一遍遍模仿，一次次练习。

井慧芳在课堂上

第二年，她果然脱颖而出，如愿以偿担任了班主任。

传统的应试教育，老师教学并没有多少自主权，必须在最短的时间内把所有要考的知识点一个不落地传授给学生，似乎只有这样才是唯一的正途。

在教学实践中，井慧芳发现，填鸭式教学的效果并不好，学生们学了忘，忘了学，事倍功半。

比如"诗歌鉴赏"复习展开后，她起初按传统方式进行，先是讲考试知识点、题型、解题技巧和答题思路，接下来是一大堆的习题讲解，马不停蹄、密不透风。一节课辛辛苦苦讲下来，学生们个个疲惫不堪、愁眉苦脸。有些人听着听着，干脆打起了呼噜。

如何使教学轻松起来，让学生在愉悦中高效地学到知识呢？

井慧芳心急如焚，决定实行改革，把课堂还给学生，让他们成为真正的学习主体。

经过摸索、研究，井慧芳调整了课堂结构：每节课只用10分钟讲解一个知识点，用15分钟让学生就此考点进行巩固练习，再用10分钟讲解。关键是后10分钟的讲解，以学生为主，让他们讲解自己的思路并公布答案。如果在某道题上产生了分歧，她就交给大家共同讨论，若讨论仍然解决不了，她再参与进来，点拨分析，引出正确答案。

在学生做题过程中，井慧芳也并非袖手旁观，而是逐一巡视，观察记录学生做题期间出现的各种状况。如遇到共性问题，就在讲题时重点提出来，供大家讨论，再讲解分析；如遇到个性问题，就单独点拨，直至学生彻底领悟。课下呢，还要布置相关作业，分门别类，加以巩固。

几节课后，死气沉沉的课堂活跃了起来。

学生们参与讨论、回答问题的积极性明显增加，有时还会为一个问题反复剖析、争论不休。课下作业不仅完成得及时，而且正确率大大提高。

这在以前，完全是不敢设想的事情。

很多同事说她胆子大，居然敢在毕业班课堂上做尝试。

井慧芳反而觉得，学生时间越宝贵，越应该提高学习效率。作为老师，应该改变观念，探索出能让课堂发挥最大功效的教学方法。

另外，她还开发出一种有效的陪伴教育法。

学生们在学校，最主要的依靠还是班主任。班主任，恰似一家之长。平时，除了教课，最有效的办法就是陪伴，让孩子们在心理上得到安慰。

课间、饭后、早晚自习课，一定要多多坐在教室里；早操、运动会、集体活动，也要时时与学生在一起。一句真挚的问候，一个暖心的眼神，都是巨大的鼓舞。

教学业绩稳定了，个人感情却依然处于悬空状态。

是的，来到且末两年多了，同事们在一起时，她总是沉默寡言，似乎只有教学才能弥补内心的伤痛。

她真的没有追求者吗？

当然不是。

比如那个与她一起来且末的陈荣明同学。

在来且末的火车和汽车上，井慧芳晕车，陈荣明一路呵护。到且末之后，他总是特别关心她。他平时爱抽烟，但每次只要接近井慧芳，就克制烟瘾。井慧芳孤独的时候，他也是主动跑前跑后，大献殷勤。

其实，井慧芳的痛苦和孤独，他都看在眼里，记在心里。

陈荣明的缺项就是眼睛小、面孔黑、个头儿低，相貌低于平均值。不仅如此，还有点儿老相。

说到老相，还曾闹过一次笑话。

一个周末，陈荣明主动陪着井慧芳在县城里游逛大巴扎。井慧芳看中了一件衣服，陈荣明为了显示殷勤和能力，挺身上前砍价，

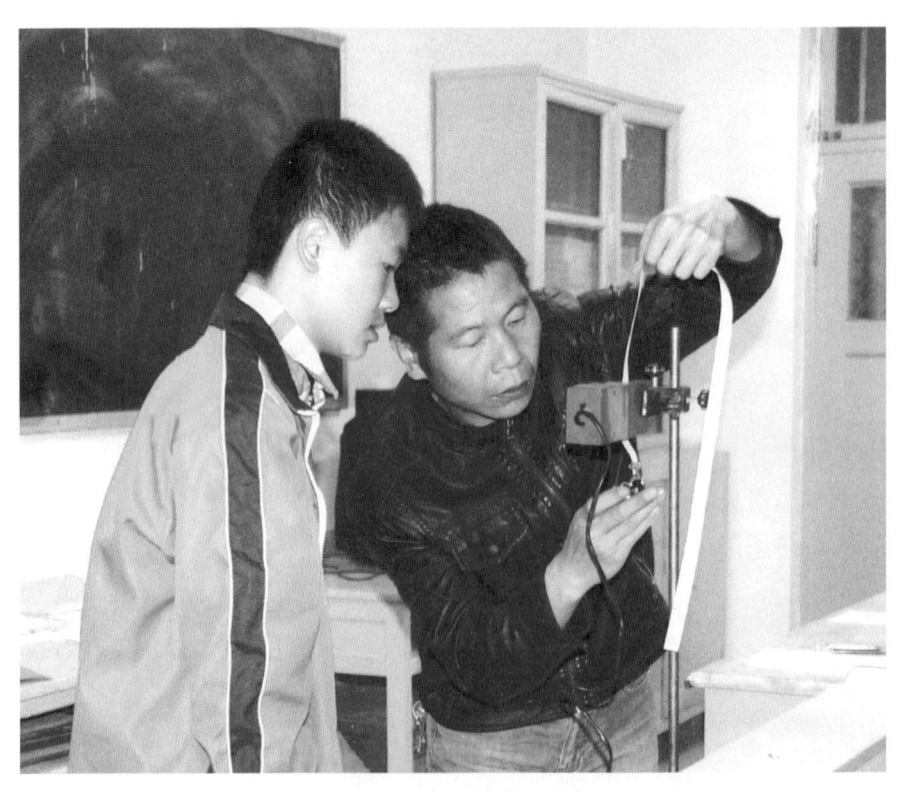

陈荣明指导学生物理实验操作

可他哪里是摊主的对手啊，最后也没有成交。摊主见井慧芳恋恋不舍的样子，就嘲笑着对陈荣明说："丫头想要就给她买呗，你这当父亲的，不要太吝啬啊！"

此事一出，同事们每次见到他俩，总要调侃一番。

然而男女感情的事情，就是这么奇妙。每一次调侃，似乎又都是一次促进与黏合。

渐渐地，两颗漂泊的心，有了感应。

每个周末，陈荣明都要去探望井慧芳，并听她讲课。有一次，因为他在听课，她有些紧张，竟然结巴了。她也常听他的课。他口若悬河，板书漂亮。

自从有了他，犹如绿叶遇到阳光，她变得青翠和明亮了。

那一年春节，大家相约回家，井慧芳终于决定带陈荣明去见母亲。

初见面，看外貌，母亲脸色铁青。

场面，有些尴尬。

母亲冷冷地问："你多大年纪了？"

"25岁，比慧芳大半年。"

"不可能，你肯定没说实话！"

气氛，顿时石化。

沉默了一会儿，母亲又拿出一张纸，让陈荣明在上面写出一个字。

他不明就里，随手写了一个"无"字。

母亲只看了一眼，就断言："没有上进心！"

说着，转身走出屋子，来到了院里。

院里有一棵老榆树，已经伐倒，歪在地上，还没有来得及剥皮。

母亲拿过一把斧头，扔给陈荣明，似乎是让他干干活儿。而后，就懊恼地到邻居家去了。

陈荣明拾起斧头，开始为榆树剥皮。

榆树皮，最难剥，需要蛮力，又需要巧劲儿。不一会儿，物理老师陈荣明就摸索到了窍门。但毕竟是一个力气活儿，越干越燥热。后来，他干脆把棉袄甩掉了，直干得满头大汗，气喘吁吁。

大约半个小时后，井慧芳的母亲从外面回来，态度似乎有些平缓了。看到这个情景，心有所动，就连忙招呼他停下："傻孩子，天太冷，快坐下喝口热水吧。"

陈荣明嘿嘿一笑："没事，没事，已经干一半了。"说着，并不停手，直到把树皮剥得干干净净。

应该说，正是剥树皮事件，彻底扭转了母亲对陈荣明的态度。

年后，两个年轻人终于牵手走进了婚姻殿堂。

阿里木是一个阳光开朗的维吾尔族少年，特别喜欢打篮球。

井慧芳看到他这一特长后，指定他为体育委员。

然而不久，井慧芳发现这孩子喜欢随性而为，经常在自习课时带着几名同学去操场打球。

井慧芳劝阻了几次，他还有些理直气壮，认为老师不应该打扰他们的体育活动。

后来，井慧芳与阿里木的母亲沟通，才知道他很早就失去了父亲，母亲因为工作忙碌，没有时间管教，孩子就这样我行我素长到了现在。

以后的日子里,井慧芳便有意多与阿里木聊天儿,聊球星、聊未来,也聊亲情与生活。渐渐地,两人成了好朋友。

井慧芳与他约定:"只要你能够专心学习,成绩稳定上升,我就会每周特批给你一节自习课,去篮球场上尽情挥洒。"

"一言为定!"

"好,说到做到!"

阿里木很守约,井慧芳也践行诺言,让他学就学个踏实,玩也玩个痛快。

最终,这个曾经的调皮少年考取了理想中的大学,并在大学里担任校篮球队队长。

类似阿里木这样的学生,还有很多。

许多维吾尔族男生看起来有些调皮,其实早已把井慧芳当成了知心姐姐。

有一天,她像往常一样,上完课后在办公室批改作业。

突然,一个名叫托合提的学生慌慌张张地跑进来,急火火地说道:"老师,咱们班里有人打架了!"

井慧芳一听,赶忙扔下手中的笔,向教室飞奔而去。

刚到后门,就被学生们簇拥着推了进去。

教室里一片昏黑,窗户好像都被什么东西遮蔽了。井慧芳正要发火,这时,"祝你生日快乐"的歌声骤然响起,烛光也跟着亮了起来。

只见学生们围成半圆,班长海伊提和同学阿依姆罕两人托着一个大大的生日蛋糕,向她缓缓走来。

烛光闪闪中,一张张笑灿灿的脸庞、一双双亮晶晶的眼睛,围绕在井慧芳的周围。

"老师，生日快乐！"

"祝井老师健康快乐！"

祝福声此起彼伏。

原来，学生们使出这一个怪招，竟然是为了给自己过生日。哦，今天是自己的生日，自己却忘记了。

吹蜡烛，许心愿。井慧芳眼含着泪水，按照学生们的指令，乖乖地一一照做。

此时的她，仿佛变成了一个听话的学生。

天地无言，却有心。大自然的计算器，最终是准确无误。只要努力，必有回报！

2010年夏天，井慧芳班上的29名学生，全部考入本科院校，其中18人进入重点大学，创造了且末县历史上最好的高考成绩。

之后，巴州劳模、巴州青年五四奖章等荣誉，陆续到来。

2021年，井慧芳被评为正高级教师，成为且末县仅有的6名高级教师之一。

大家都说，这是实至名归。

的确，孩子、老公和自己的生日，她经常忘记，但班级里大大小小的事情，她从来都记得清清楚楚；孩子病了，她手足无措，可无论多差的班，只要经她调理一番，总能在全县名列前茅。与学生们在一起，思考着班级里大大小小的事情，她仿佛上瘾着魔似的，永远也琢磨不够。只有在过年时，窗外的鞭炮声稠密了，她才能安稳地躺下，摁灭灯，甜甜地睡上一觉。因为，这是她一年中最安静、最放心的时候……

多少年了，这就是她的生活。

"教书，是我一生的使命和归宿。只有在这个世界里，才能找到真正的我。"面对笔者，井慧芳认真地说。

是的，昔日那个内向、忧郁、悲伤的女孩，带着复杂情绪远走他乡，终于寻找到了阳光和价值，也寻找到了简单快乐、丰盈饱满的自己！

1000多年前，又一位热血青年来到了且末。

玄奘（602或600—664），唐代高僧，我国佛教三大翻译家之一。

13岁出家，后遍访名师，精通经论。因感国内对经义众说纷纭，难得定论，于是决定西行求法，以解迷惑。

贞观三年（629年，一说贞观元年），年轻的玄奘从长安出发，出敦煌，经今新疆及中亚等地，辗转到达中印度摩揭陀国王舍城，进入当时印度佛教中心那烂陀寺，师从戒贤学习《瑜伽师地论》等论典。后又游学天竺各地，与一些学者展开辩论，声名大起。

史书记载，玄奘西行求法，往返近20年，行程50000多里，所历"百有三十八国"，带回大小乘佛教经、律、论共657部。

玄奘自印度取经回国，途经且末。据《大唐西域记》记载："从此东行六百余里，至折摩驮那故国，即沮末地也。城郭岿然，人烟断绝。复此东北行千余里，至纳缚波故国，即楼兰地也。"

贞观十九年（645年），玄奘返回长安，受到唐太宗李世民召见。

第五章

"大漠侠侣"

没有婚纱照，没有婚庆宴，甚至连一套像样的衣服也没有。

学校办公室送来了两个红暖壶，犹如两颗年轻而火热的心。

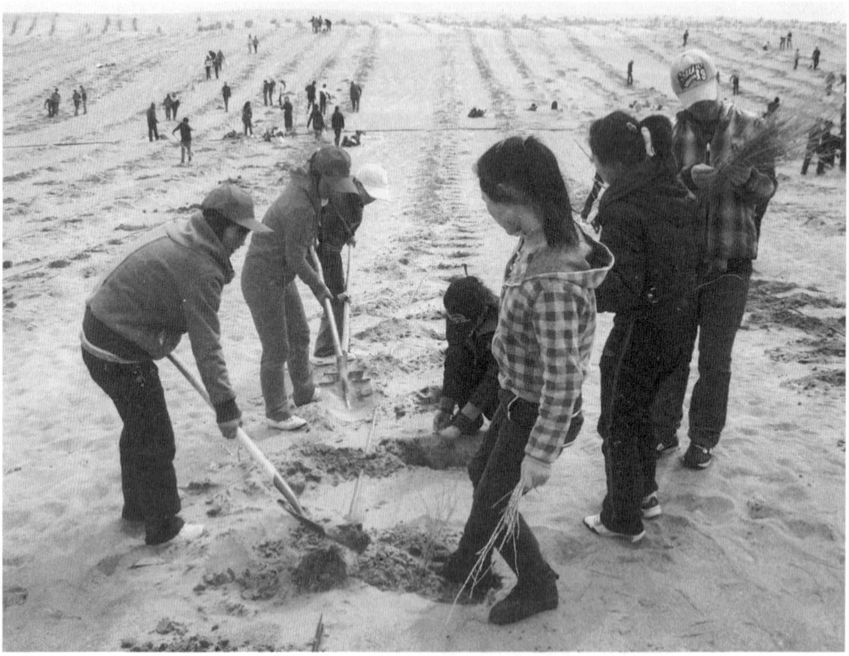

王建超，女，1979年6月生，保定市易县人。1999年加入中国共产党。2000年毕业于保定学院体育系，随即赴新疆任教。现为且末县一中教师。曾获自治区优秀辅导员、自治州优秀教师称号。

王伟江，男，1976年8月生，保定市高阳县人。2000年毕业于保定学院体育系，随即赴新疆任教。中共党员。现为且末县一中副校长。曾获自治区优秀共产党员、且末县优秀教师等称号。

"到西部去、到基层去、到祖国最需要的地方去！"

2003年，国家正式实施"西部计划"。

西部计划，即"大学生志愿服务西部计划"，由共青团中央、教育部、财政部、人力资源和社会保障部联合组织实施。

该项计划按照公开招募、自愿报名、组织选拔、集中派遣的方式，每年招募一定数量的普通高等学校应届毕业生或在读研究生，到西部基层开展为期1～3年的教育、卫生、农技、扶贫等志愿服务。

西部地区，包括四川省、云南省、贵州省、广西壮族自治区、西藏自治区、陕西省、甘肃省、宁夏回族自治区、青海省、新疆维吾尔自治区、内蒙古自治区以及重庆市12个省、自治区和直辖市。这些地区，面积约为680万平方公里，约占全国总面积的71%；人口约为3.8亿，约占全国人口的27.2%……

王建超虽是女子，名字和性格却极像男生。初中时开始练习长跑，1998年考入保定学院的体育专业。

1.70米的身高，清瘦的身形，俊丽的面庞，戴着眼镜，倒像一个清秀的文艺青年。

在大学校园里，她与同班同学王伟江相爱了。两人不仅专业相同，而且都喜欢武侠小说，并向往远方。

大约是1999年，她看过一部关于新疆的纪录片，具体内容没有在意，最惊艳的是蓝天白云下一望无际的油菜花，叶子绿油油，花朵金灿灿，令人心驰神往。

当时呢，她浪漫地说："新疆真美，咱们毕业后，要是能去那里，该有多好！"

王伟江随口答道："好啊，咱俩就做金庸小说里的神雕侠侣吧，虽然没有神雕，但不影响一起背着行囊驰骋天涯。"

一语成真！

2000年3月中旬的一天，且末二中到保定学院招聘时，王建超和同伴正热火朝天地打篮球，远远地就瞧见王伟江飞奔而来。

"你不是想去新疆吗？那边来人招聘了！"

"真的假的？"

"千真万确！走吧，咱们快去咨询一下。"

几句气喘吁吁的对话之后，两人很快来到招聘台前。

段校长翻阅着他们的资料。条件全部符合，尤其是王建超，在校时便入了党，不仅是河北省优秀大学生，还担任过班团支部书记和校学生会干部。

段校长点点头："不错，不错，你们有什么需要了解的吗？"

王建超想了想，问："且末二中有体育馆吗？"

段校长愣了一下，回答："马上就有了，比你们这里还先进，还有塑胶跑道呢。"

于是，两位年轻的恋人只用了半天时间，就签订了就业协议，完成了影响一生的重大决定。

这时候，王建超才想到，还没跟家人商量呢。

果不其然，打通电话，刚试探着说出来，父母便一口拒绝。

不仅父母，连亲友们也悉数反对。

反应最激烈的是母亲，几乎天天打电话规劝。发现没有效果，不仅和王建超闹翻了，还迁怒于王伟江，怪他把女儿带上了歧路。

回到家里，冷脸冷灶。王建超只好收拾东西，去大姨家躲避了一周。

其间，在她身上又发生了两件事：一是专接本考试成绩揭晓，她成功被河北师范大学录取；二是老家易县传来消息，她之前应聘的单位通过了。

王建超一下子走到了人生的十字路口。

岂止十字路口，简直是"米"字路口！

毋庸置疑，如果此时选择退缩，王伟江肯定也会放弃。

望着左右为难的恋人，王伟江紧紧地拉着她的手说："建超，无论去天南海北，我都愿意陪着你。"

王建超含泪咬咬嘴唇，终于坚定了初心。

就这样，他们抛开层层阻挠和诱惑，向着且末出发了。

二人一心，携手并肩，共赴天涯，采撷浪漫。

历尽千辛万苦，终于来到且末二中。

刚刚在宿舍里放好行李，王建超和王伟江就跑了出去，寻找段校长口中的"体育馆"。毕竟，作为体育老师，那才是他们的舞台。

天哪，漫天黄沙的土操场上，只有几个简易的篮球架，犹如大漠里几株垂死的胡杨。

再去学校的体育器材室一看，只有几个打着补丁的篮球、几支尾巴开裂了的标枪……

霎时，两人呆若木鸡，如坠冰窟。

第二天，他们一起去"质问"段校长。谁知，段校长拿出一张图纸，笑着说："别着急，我们早就设计好了，很快就要开工。"

两人面面相觑，无言以对。

场地简单，器材缺乏，他们就立足现实创造条件上课。譬如乒乓球运动，球桌用水泥打造，球网用砖头代替，球拍用木板制作……

学生们几乎没有体育基础，他们便从零开始普及。譬如篮球运动，从教授正确的站姿和手臂姿势，到传球、运球、突破、投篮和防守等。

由于当地三面被沙漠包围，操场上经常落满厚厚的浮土。踢足球时，一脚下去，尘土飞扬，几乎看不清球。每次上体育课，最累的不是掐表、裁判，而是画跑道，因为学生跑几次，就看不到分道线了……

遇到困难，两人就相互鼓励。

王伟江对王建超说："篮球架虽然少，但起码有几组，你喜欢的篮球课是可以开展的。"

王建超对王伟江说："人家巴西、阿根廷的球星好多是贫民窟里出来的，没有几个是标准足球场上长大的。你既然喜欢足球，也可以带大家踢啊。"

全校1000多名学生，只有3名体育老师。看着孩子们一张张稚嫩的脸，王建超和王伟江只有一个最简单的想法：我们如果离开，这些孩子就真的没法儿上体育课了。

条件简陋倒是不怕，最担心的是风沙说来就来。本来正在操场上玩得兴高采烈，瞬间就天昏地暗，不得不撤回教室。

见证冠军的诞生

停课期间，老师们躲在宿舍里，门窗紧闭，呼吸困难。面对飘浮的沙尘，只好把毛巾打湿，捂住口鼻。第二天早上，抖落被褥上厚厚一层沙土，脸上身上全是土，就像刚刚从地底下爬出来的土拨鼠。

那一刻，富有浪漫情怀的王建超想，如果大风不停地刮、沙子不停地落，是不是且末县的海拔都会快速升高？

于是，她就打算数一数一个月到底能刮多少场风。

王伟江打趣道："你数学不好，就数那些不刮风的日子吧。"

想想也是，不刮风的日子寥寥无几，确实更容易记录。

为了证明自己工作和生活的地方条件尚可，让父母放心，王建超和王伟江转遍了小城的角角落落，专门寻找繁华地段拍照。

那时候，小城只有2平方公里左右，高低不平的公路两侧，到处是低矮的陈旧建筑，只有新华书店、百货公司和供销社等几处三层楼房。最典型的是小城中心有一条臭水沟，那是车尔臣河故道。两岸堆积着各种垃圾和牲畜粪便，还有10多个原始厕所，臭气熏熏，苍蝇嗡嗡。

两人穿上最满意的衣服，精心打扮一番，避开陈旧建筑和颓败河道，站在几座楼房前，拍几张照片，寄回老家。相视一笑，有一种自我安慰、自欺欺人的感觉。

冬天来了，气温骤降，考验也跟着来了。

房子里没有暖气，要生火取暖。面对火炉和煤，王建超同样一筹莫展。后来跑到同事家学了半天，回去便开始与炉子战斗。生了灭，灭了生，又是和煤，又是清理烟筒，总算将炉子点燃了。洗手的时候，面对镜子，自己都忍不住笑起来，像极了课文《卖炭翁》

里的描写："满面尘灰烟火色，两鬓苍苍十指黑。"

生完火炉，王建超穿上羽绒服出门办事。恍然间，感觉在下大雪，可看看天空，并无异样，真是奇怪。突然明白，原来是刚才生火时距离火炉太近，羽绒服被烧了一个大洞，风儿吹过，羽绒外溢，如同雪花飘飘。

思念，飘满了所有的日子。

寒假的时候，她和王伟江幸运地抢到了火车票。为了防止夜长梦多，两人提前一天就赶到了库尔勒车站。终于，在离家半年之后，踏上了漫漫归程。

一进家门，王建超就大声喊："妈——"

没有回应。

家里没人。因为路上沟通不畅，父母并不知道她回来的具体时间。

等待父母的间隙，她根本坐不住，屋里屋外地转悠，瞅瞅这儿看看那儿，一切都是原来的样子，似乎还保留着出发那天的气息。

不久，门口响起了熟悉的说话声和脚步声。王建超脱口大喊："妈——我回来了——"

母亲愣住了，看着她，一句话也没说，泪水汪汪。

她瞬间崩溃了，和母亲哭成一团。

很快，哥哥也回来了，见面第一句话就是："你怎么这么瘦啊，是不是在那儿吃不好？走，哥带你买好吃的去！"

本来情绪正在平静，听哥哥这么一说，眼泪又止不住地淌下来。

或许是因为回到了父母身边，身心一下子放松，连免疫功能也想休整了。第二天，她患上了重感冒，在床上一躺就是 10 天，连累全家人春节都没有过好。尤其是母亲，一会儿煮姜汤，一会儿做荷包蛋，忙着忙着又偷偷抹眼泪……

养病的日子是痛苦的，也是幸福的，更是短暂的。

假期渐渐接近尾声，王建超虽然极想继续留在母亲身边，可是且末的学生更需要她啊，必须走了。

在回新疆的路上，她发现背包里有 500 元钱和一张小纸条。

纸条上写着："孩子，妈不要你的钱。照顾好自己！"

钱是她回家时硬塞给母亲的，如今又原封不动地回到了自己手里。

望着那张小小的纸条和纸条上那歪歪扭扭的字，她的泪堤又崩溃了，趴在王伟江的肩上，哭得稀里哗啦。

…………

"那一年，花儿开得不是最好，可是还好，我遇到你；那一年，花儿开得好极了，好像专是为了你；那一年，花儿开得很迟，还好，有你……"

春天来了，沙尘也来了。郊外的枣树，犹豫着，满脸忧愁，不知道该不该开花，该不该微笑。

王建超和王伟江的恋爱，开始时家人并不同意，但他们俩爱得死心塌地，从保定爱到新疆，从平原爱到沙漠，真应了那句浪漫的歌词："你是风儿我是沙，缠缠绵绵绕天涯。"

终于，风定之后，沙也停住了。

春天来了，万木复苏，长出芽尖，吐出绿，把花开成诗的模样。

来到新疆后的第二年，两人结婚了。

没有婚纱照，没有婚庆宴，甚至连一套像样的衣服也没有，只是把两张床并到一起。学校办公室送来了两个红暖壶，犹如两颗年轻而火热的心。

在他们那一批支教老师中，王建超和王伟江结婚最早，购房也最早。从此，他们家就成为另外13人的"家"。周末和假日，大家一起做饭，包饺子。

过去，王伟江从不吃羊肉。刚到且末时，试着吃，还是反胃，吃了就吐。但是，面对未来的生活和工作，他不得不慎重考虑，不得不重新选择，不得不直面羊肉了。于是，他硬着头皮吃。吃着，嚼着，也香。停几天，再吃，更香了。再停几天，就习惯了。

这样，不长时间，就主动吃羊肉了，就喜欢上羊肉了。

再往后，到外地出差，总是满胡同去找羊肉馆、羊肉串。

他，彻底变成了羊肉的朋友。

爱情是风花雪月的浪漫，生活是柴米油盐的琐碎。

王建超本来不会做饭，但为了尽快融入本地，尽快适应环境，半年之内，愣是从一个厨房小白练成了一位响当当的掌勺大厨。拉条子、烤肉、大盘鸡、烤包子等，都能拿得出手，特别是羊肉抓饭，更是她的"代表作"，连维吾尔族同事们都赞不绝口。

第三年，他们的儿子降生了。

可是，体育老师仍是奇缺。他俩每人带7个班，又要看护幼小的孩子，实在忙不过来，只好把孩子送回老家喂养。

直到儿子3岁，他们才接回来，一家三口团聚。

节假日，他们一家人常常外出游玩。虽然走得并不远，但让孩

"大漠侠侣"王伟江、王建超

子从小就近距离地认识了绿洲和沙漠,让他知道自己生活在沙漠包围之中,将来要做像胡杨、红柳、梭梭一样坚强的男子汉。

渐渐地,孩子成了名副其实的"疆二代"。每次去餐馆吃饭,王建超和王伟江还下意识地点一道家乡菜,而孩子呢,只喜欢新疆的美食。

风儿一年又一年,把茫茫沙漠都吹成了海面一样的波涛。

日月黑黑白白,季节青青黄黄。

春天的且末,也如内地城镇一般美丽。暖风中的阳光,阳光中的花丛,像儿童的眼睛,似少女的明眸,如新娘的娇羞。此时的小城，旖旖旎旎，香香喷喷，身披一袭飘逸的青纱，仿佛一位微笑的静雅女郎。

秋风涂金，冬霜敷银。树木、沙漠、天空、田野、楼房，黄乎乎、灰蒙蒙、干涩涩，生锈的模样。此时的小城，板板正正，穆穆肃肃，包裹一件宽大的黄袍，恰似一位沉思的慈祥父亲。

历史是坚硬而真切的记录，表面是文字，最终是数字。

20多年过去了，王建超和王伟江的孩子已长大成人，孩子一样的学生们也一批批地踏上了社会。

段校长描绘的蓝图——现代化的体育馆，果真在几年后就启用了。不仅如此，且末县的体育教学也全面实现了正规化、标准化，全县大部分中小学都铺上了塑胶跑道。

…………

如今的王建超、王伟江夫妇，女方仍然是体育老师，男方担任且末县一中副校长。

这对昔日追求浪漫的"侠侣"，早已融入新疆的平凡人群。除了正常工作之外，他们关注三餐茶饭、四季衣裳，更关注且末的一草一木。

回忆起1999年观看新疆纪录片的那一天，王建超依然眼中有光、心中有热："镜头里一望无际的油菜花，叶子绿油油，花朵金灿灿，令人心驰神往……"

的确，他们的身心，早已融入这片土地。无论在外地出差，还是回到河北老家，每每谈起且末，一股电磁般的冲击，扑面而来……

且末县塔提让镇，有一座被黄沙覆盖的古代遗址——苏伯斯坎遗址。

它是元代丝绸之路南道上重要的军事驿站——阇鄽。

20世纪80年代，这里出土了27件汉文纸质文书，是新疆迄今为止出土数量最多、内容最丰富的元代文书资料。特别是其中一封信，令世人惊艳。

这封信，是一个名叫张祐的小军士，写给上司的求援信。

驿站有多少人？多少匹马？军士张祐是哪里人？均不详。但查阅当年的兵制，基本可以肯定的是，张祐是内地人，是青年人，其岗位是驿站下属的牧马地，任务是放牧和养护马匹。

那年三月中旬，一匹白马生病了，蔫头耷脑，食欲不振。张祐尝试了以前常用的治疗土法，都不管用。情急之下，只好给驻在驿站的总把写了一封短信，请求紧急派"专家"过来看看："小可张祐顿首拜上，总把哥哥，今有小人白马一匹见今害病……总把哥哥疾令崔都知下来……将所应用药味今晚来……若是来日来时，恐误了不济事……"

他这个管马的小军士，平时起早贪黑地喂马、刷毛、放马、运料，苦点儿累点儿都不怕，只怕马儿生病医治不好，那就惹大麻烦了。

看到这封信，我们可以想象这位可爱的小军士，这位热血青年的焦急样儿：抓耳挠腮，满头冒汗……

第六章

手机之恋

如果你暑假回来，我就嫁给你！

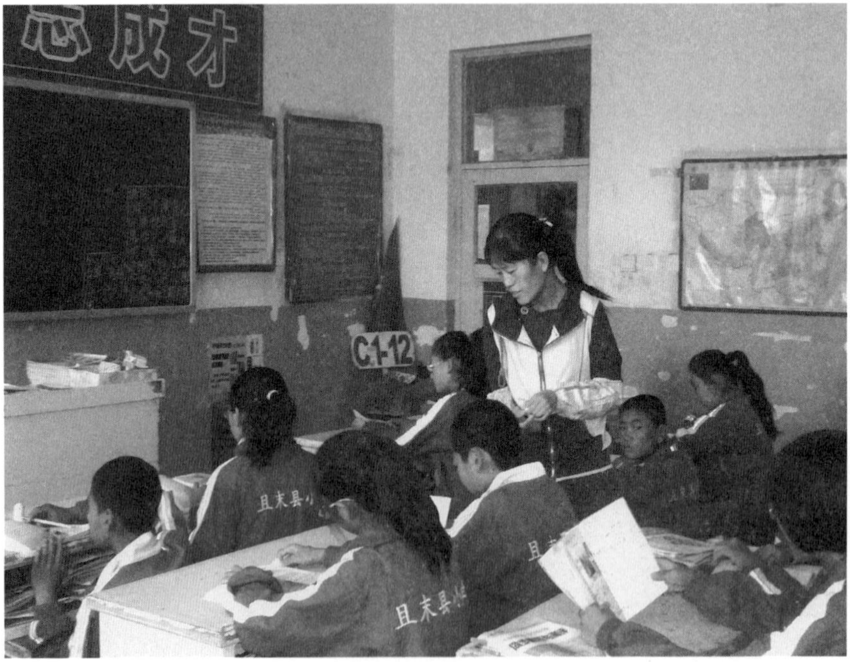
C1-12
且末县

周正国，男，1977年5月生，保定市阜平县人。2000年毕业于保定学院化学系，随即赴新疆且末任教。中共党员。现为且末县一中教师。曾多次荣获且末县优秀班主任、优秀教师等称号。

刘庆霞，女，1979年6月生，保定市阜平县人。2002年毕业于保定学院中文系，2007年赴新疆任教。现为且末县二中教师。曾多次荣获且末县优秀班主任、优秀教师等称号。

太行山，号称天下之脊。

漫长的历史中，太行山承载了难以言说的苦难、荣耀和期望。

近代以来，它更是一座负荷国运沉浮的大山。抗日战争时期，八路军总司令部设立于此，下属三个师更是以此为基地，发展壮大，遍布全国，最终取得抗战胜利；解放战争后期，中共中央机关和解放军总部驻扎于此。正是在这里，党中央指挥了扭转乾坤的三大战役，并从此出发，进驻北平。

但是，太行山啊，又是一座贫穷的山。

毕竟，这座山太大了，这里贫困人口太多了，遍布角角落落。比如周正国的家乡——这个名叫井沟的小村。

有多么偏僻呢？

这样说吧，此地距离阜平县城 45 里，大多是弯弯曲曲、高高低低的山路，直到周正国读初中的时候，村里还有一半人没有去过县城。

他的整个童年，懵懵懂懂，日子如同春天里的一片杂草，在寂寞的荒野中疯长着……

有多么贫穷呢？

截至 1990 年，小村还没有通电，更没有自来水、卫生室、硬化路、电灯、电视、电话、商铺，哪怕是一爿小小的商品销售点。

这里，只有一座座荒凉的山、山、山，只有一张张饥饿的嘴、嘴、嘴。

世世代代的人们，在这里默默地生活着，像山上的树，像树下的石，像石旁的水……

周正国兄弟两个，母亲身体不好，常年吃药，家境贫寒。

他读到初中时，母亲病情越来越严重了，生活越来越拮据，但父亲是一个明白人，仍然坚持着，不让他们兄弟辍学。为了省钱，周正国选择了走读。学校离家 10 里，他每天天不亮就出发，晚上回到家时，差不多半夜了。

披星戴月，寒来暑往，周正国考上了重点高中。第二年，哥哥考上了大学。此时，高校收费标准全面调整，学费提高了。家里的负担，越发沉重。

周正国高二那年，母亲不幸去世，不仅留下了最沉痛的悲伤，还留下了最沉重的外债——3 万多元。这在那个年代，可谓天文数字了。

扛着巨大的精神压力，他废寝忘食，拼命苦读。一年后，终于考入保定学院化学系。

在保定学院，周正国遇到了一位恩师。

入学时，需要交纳2500元学费。由于家里外债太多，实在借不出来。没有办法，只好打算休学或退学。

学校新生报到就要结束了，只剩下他一个人没有露面，负责接待新生的化学系教授马淑珍十分焦急。正在这时，只见他两手空空、垂头丧气地走来了。

马老师了解了他的情况后，坚决地说："不要休学，更不能退学，有困难就克服困难，无论如何都不能放弃。我马上向学校领导汇报你的情况，可以先入学，缓交学费。"

就这样，他尴尬地走进了保定学院。

上学期间，马老师正好是班主任，不仅帮他申请了助学金和助学贷款，还把他推荐给校团委，让他获得了一份勤工俭学的工作。这样，他的衣食住行就有了基本保证。

周正国是山里娃，满口方言且性格内向，公共场合总是沉默，不敢开口说话，上课时也不敢提问和交流。马老师经常高声点名，有意让他站起来回答问题。班里有什么集体活动，也让他出面张罗。慢慢地，他变得阳光、自信了，浓重的方言也变成了普通话。

择业时，是否去且末，他与马老师商量。

马老师帮他分析：于公，是对国家西部大开发战略的积极响应；于私，工作单位早早确定下来，可以让父亲放心。而且，新疆的工资比内地要高一些，可以帮家里尽快地还清外债。

确定行程后，马老师特意把他请到家里吃饭，送他一件海军呢大衣，像母亲一样嘱咐："你长大了，参加工作了，要有一件像样的衣服。新疆天冷，要注意保暖。"

这个高大的男子汉，哭得软塌塌。那是他平生吃过的最好的饭菜，穿过的最好的衣服。

带着恩师的爱心，他上路了。

5天4夜的旅途，对于过惯苦日子的周正国来说，并不算什么，只是因为从没出过远门，发生了不少糗事。

刚到库尔勒，走下火车，车马劳顿让人双腿发软，好像踩在棉花团上。他没头没脑地大声感叹："新疆大地好松软啊！"惹得大家哄堂大笑。

在楼兰宾馆过夜，他睡得特别香，呼噜打得震天响，惊动了隔壁房间的客人，多次向服务员提出抗议。

还是在宾馆，早上是自助餐。他第一次听到"自助餐"这3个字，便冷不丁地询问大家："自助餐是新疆的特色菜吗？"

他，的确是一个没有见过世面的苦孩子啊！

到且末后聚餐，有一道菜是苦瓜炒肉。别人吃得津津有味，他却苦得呸呸呸，全吐了，抱怨厨师为什么故意把菜做得这么苦。

别人都笑了："你是苦孩子，为什么还不能'吃苦'呢？"

他纳闷儿了："我真的不能吃苦吗？"

来到且末二中后，周正国直接当上了班主任。

他满怀憧憬，决心像马老师那样，关爱学生，钻研教学。

但严酷的现实，很快就给了他当头一棒。

周正国指导学生操作实验

　　初中学生年龄小，不少孩子特别顽皮，让人疲惫甚至无奈。屡次教育无效后，他失望了，甚至绝望了。

　　他的另一个绝望，就是思乡心结。

　　他原本早有思想准备，但无论如何也没有想到远离家乡的空虚感竟然如此强烈。夜晚的时时刻刻，煎熬就像一锅浓稠的中药汤，苦苦地浸泡着他的心，又像一群虫子潜伏在神经末梢，默默地噬咬。可回家的路，又是那么艰难：首先要乘卧铺客车去库尔勒，再转乘火车到乌鲁木齐。这样下来，几乎需要两天时间。而从乌鲁木齐到保定，还要45个小时！即使这样，还是一票难求。第一个寒假，他赶到乌鲁木齐时，7天之内的车票全售光了，只得怏怏返回且末。

　　除夕夜，他孤独地躺在床上，每一根头发、每一个细胞都在反思，深沉地反思：这就是我追求的生活吗？我来这里有意义吗？我为什么不能像别人那样放弃呢？但睡醒后再一想，这就是我们存在的意义啊！如果学生们都懂事、教课都轻松，那还要我们老师干什么？况且，回到家乡，就能找到稳定工作吗？工作环境就能称心如意吗？工资待遇肯定不如这里啊！

思前想后，最终还是重新下定了决心！

班里有一个名叫买买提的男生，课上纪律松懈，课下表现怪僻，与同学极不合群，经常打架。

周正国进行了一次家访。

原来，买买提从小就失去了母亲，与父亲相依为命。由于家庭条件困难，父亲外出打工，长期留下他一个人独自生活。

这个孩子的境遇，与自己多么相似啊！周正国明白，唯有爱心呵护，才能抚慰孩子心中的痛楚，才能让孩子回归正常生活。

在以后的日子里，周正国总是刻意关照买买提，向其他同学夸奖他如何聪明能干、懂事孝顺，树立他在同学们心中的形象。

课余，周正国经常抽出时间给买买提补习功课，教他如何合理利用时间。生活上更是关爱有加，每逢自己炖羊肉，就请他一起吃饭。暑假期间，还把他带到身边，一起生活……

两个学期以后，买买提的性格变得开朗了，与同学相处越来越好，学习成绩也明显提升。

在买买提身上，周正国看到了自己当年的影子。

既然想落户新疆，就要从长计议。

刚开始，都住在集体宿舍，大家经常聚拢在一起，议论要不要在本地购房。意见五花八门，莫衷一是。周正国打电话向马淑珍老师请教。

马老师问："经过这段时间的实地体验，你是不是进一步下定了决心，在当地教书？"

"是的。"

"如果这样，那就要筹备买房。你是成年人了，有一套自己的宽敞住房，不仅工作方便、生活舒适，而且还可以谋划未来的家庭。"

买房自然要贷款。周正国当时的月工资681元，除了偿还家庭债务之外，再扣除各项费用后，所剩无几。所以，他处处省吃俭用，甚至三年内竟然没有回家探亲。

马老师了解他的困难后，及时汇来6000元。

2003年5月，新房终于到手了。他成为那一批外来教师中继王建超、王伟江夫妇之后的第二个购房户。

且末，从此成了他真正意义上的家！

工作之后，同伴们陆陆续续地结婚成家了，只有他还是独身。

这个孤苦且孝顺的青年，有着自己的想法。

母亲早逝，哥哥又在外地打拼。新疆离家乡太远了，自己除了还债，却无法照顾独居在家的父亲，所以就想着在老家周边找一个女朋友，如此既可以一起回去探亲，双方老人也能相互有个照应。

就这样想着等着，一晃便是六七年。

2007年寒假，周正国第二次回家探亲时，三姑的侄女给他介绍了同乡一个名叫刘庆霞的姑娘。

巧合的是，刘庆霞竟然是比自己小两年的学妹，毕业于保定学院中文系，现在老家一所民办中学担任语文教师。

假期马上就要结束了，两人并没有见面，中间人只是帮双方交换了手机号码。

回到且末后，周正国认为自己是男方，应该主动一些，就发送了一条简单的问候短信。

于是，两个年轻人你一言我一语，便有了频繁的互动。

又过了几天，周正国主动给刘庆霞打了一个电话。第一次听到她的声音，亲切而美好。当晚的梦，也格外香甜。

庆霞呢，对他的条件也比较满意：一是已经买房，不会居无定所；二是知悉他已经担任学校化学教研组组长，业务优秀；三是听他谈吐，肯定踏实可靠。

都是穷人家的孩子，还需要别的附加条件吗？

不，这就够了！

一句我愿意，牵起两颗心。

从此，他俩通过手机，正式谈起了恋爱。

因为彼此都是老师，聊得最多的话题还是教学，你为我出谋划策，我为你解决疑难。当然，电话的另一个主题，便是新疆的风土人情。

刘庆霞虽然没去过新疆，但通过周正国绘声绘色的描述，也听得有滋有味。说到兴奋处，不时感叹一声，对这片土地充满了好奇和向往。

尽管两人还没有见过面，但刘庆霞得知周正国家里的情况后，竟然主动去看望了老人。这一举动，自然让周正国感动万分。

有一天，周正国故意对刘庆霞描述了一番且末的沙尘暴，然后问:"如果在这边生活,你怕不怕?"

刘庆霞愣了一下,笑道:"有你在,我怕什么?"

那一刻,周正国激动得说不出话来,仿佛肩上已经担起了一个神圣的责任。

暑假就要到了,刘庆霞郑重地打来一个电话:"如果你暑假回来,我就嫁给你!"

幸福,如此猝不及防。

虽然只是简短的一句话,却在周正国心海里掀起了滔天巨浪。

立即买票,回家!

在几千公里的旅途上,他一遍遍地猜测着刘庆霞的身高、容貌和气质。茫茫人海中,会不会彼此错过呢?

不会的,因为两人早有约定。

嘀——

伴随着客车到站的声音,周正国提着行李,急切地奔向出站口,一颗心怦怦直跳。

他左顾右盼,似乎每个人都像刘庆霞,却又不是。

忽然,他耳畔响起了一个无比熟悉的声音:"你是周正国吗?"

转身,一个推着自行车的姑娘,赫然站在面前:中等个头儿,消瘦身材,一头长发,面庞清秀,脸上满是羞怯却温暖的微笑。

没有握手,没有拥抱,只有对视,默默地对视。

100多个日夜,5000多公里,声音变成真人,梦想照进现实。

她的眼神里,颤动着几分羞涩,旋即,便是湖水般的平静。她熟练地把他的行李放上自行车:"走,回家吧。"

接下来的日子，快乐而繁乱：两家老人见面，筹备结婚事宜，办理结婚证，举行婚礼。

婚后，刘庆霞辞掉老家的工作，二人一起奔赴新疆。

"这就算度蜜月了吗？"

"是啊，我们都吃过好几个哈密瓜了。"

"哈哈哈……"

爱情是美好的，婚姻却是现实的。

简朴的家中，没有因为来了女主人而增添什么家具。婚床就是两张合并的单人床，连锅碗瓢盆，也都是老物件。

一切似乎都没有改变，一切又确实发生了巨大变化：原本灰头土脸的旧家具，经过刘庆霞的精心擦拭，如今容光焕发了；地板拖了又拖，干净得如镜子；衣服洗好晒干后，熨得平整如新，在衣柜里叠放得整整齐齐……

日子，开始有了正常生活的样子。

可是，刘庆霞总要工作啊！

起初，在周正国所属学校的照顾下，刘庆霞当了两个月的代课老师；后来，她参加且末县自主招聘考试，被分配到幼儿园当保育员。

2008年秋天，心有不甘的刘庆霞参加了第二批特岗考试，通过了！

就在两人以为能够永远在一起的时候，刘庆霞却被分配到了遥远的塔城教书。

且末和塔城，虽然都在新疆，相距竟然1700公里！

刘庆霞（第二排右三）和学生们在一起

在内地，这绝对是跨省之遥。

那时候，刘庆霞晚上7点从且末坐卧铺客车，到乌鲁木齐转车时已是第二天下午1点钟，然后再倒车6个小时，晚上8点30分左右才能赶到塔城。

路途劳顿，堪比西天取经。

于是，刚尝到甜蜜的两个年轻人，再度承受相思之苦。

事已至此，只能如此。

刘庆霞笑着对周正国说："这或许是上天有意让我们继续谈那场手机之恋吧！"

周正国望着妻子，无语苦笑。

两人的教学工作都很繁重。因为聚少离多，周正国不仅在妻子怀孕期间未能好好照顾，甚至连生产的时候也无法赶到身边。

休完产假，刘庆霞不得不让母亲从内地赶来塔城，帮忙照看孩子。

也正是在这时，母亲才第一次知晓女儿在遥远的塔城工作。原来，她一直以为女婿女儿在一起呢。想到女儿几年来的奔波之苦，母亲不禁老泪纵横。

孩子两岁以前，与父亲只见面5次。一个女人带着孩子，还要教书，吃的苦，受的累，恐怕比塔克拉玛干沙漠里的沙子都要多吧。

外人看沙漠总是很美，可只有生活在这里才知道，沙漠就像隔离带，把精彩挡在了外面，把孤独困在了里面。

孩子刚学会说话时，刘庆霞指着周正国的照片说："戴眼镜的就是爸爸。"

于是，在很长时间里，每当遇见戴眼镜的男人，孩子都会喃喃着喊爸爸。

2011年4月，周正国得知自治区教育厅领导在网上开通微博，正在征询大家对教育工作的意见和建议，就把自己的情况写成了留言。

没想到两天以后，领导回信了，让周正国把具体困难和希望写成材料，再发给他。

就这样，在各级领导的关心下，经过一年多的努力，刘庆霞终于调回了且末，在二中担任语文教师。

周正国和刘庆霞的生活和工作，终于稳定了。

每年暑假或寒假，他们一家三口总要回到老家，看望双方老人，还有恩师。

父亲 80 岁了，住在老家，生活可以自理。

现在，故乡太行山也愈发美好了。

山上生长着各种各样的野树和灌木，翁翁郁郁，覆盖着整个夏天和秋天。秋黄的时候，一夜白霜袭来，满山的柿树上便挂满了一盏盏晕红的小灯笼，把整个山乡映照得红彤彤。人们就在这一盏盏小灯笼的光亮下，开始了金黄色的秋收，金黄色的玉茭、金黄色的柿子、金黄色的核桃、金黄色的土豆……

是的，现在的太行山深处，绿浪如波。山坡上，一排排、一层层楼房，也像波浪；大路上，一列列、一行行汽车，更像波浪，涌动着、前行着……

太行山群峰，又像一个个舞台，站立着无数的演员，在唱、在笑、在呐喊，向世界呐喊。

…………

想起过去，周正国总是不免感慨。但拥抱着当前的幸福，再回首，那些选择、那些艰辛、那些泪水，都值了……

保定陆军军官学校，创办于 1912 年。

其前身为清朝北洋速成武备学堂、陆军部陆军速成学堂、陆军军官学堂。中华民国成立后，北洋政府在原址上建立了陆军军官学校。因为位于保定，所以习称"保定军校"。

保定军校被誉为中国"将军的摇篮"，是中国近代史上第一所正规陆军军校，也是中国近代军事教育史上成立最早、规模最大、设施最完整、学制最正规的军事学府。

军校开办9期，于1923年8月停办。共培养11000多名军事领导人才，后来成为将军的有1500多名，很多成为中国现代史上的知名人物。

其中最典型的一位热血青年，便是叶挺。

叶挺（1896—1946），广东归善（今惠阳）人，系保定军校第六期学员。

北伐战争中，叶挺率部长驱直进，连战连捷，屡建奇功，被誉为"北伐名将"。

1927年，叶挺参加领导了南昌起义；同年12月，又参加领导了广州起义。1937年10月，叶挺参与组建新四军，任军长。

第七章

家书抵万金

到西部去！

我愿驾驭青春，驰骋在生命的原野上，任他风雨雷电！

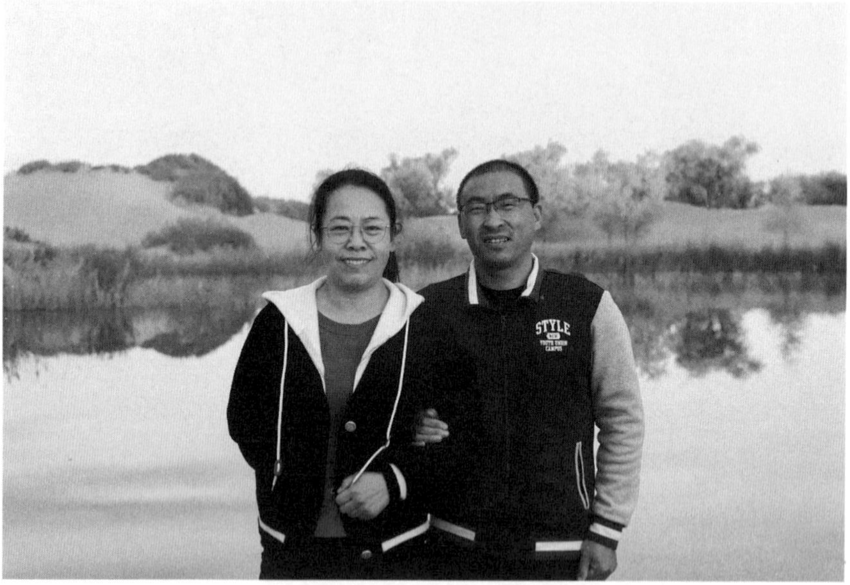
STYLE

侯朝茹，女，1979年1月生，保定市曲阳县人。2000年毕业于保定学院历史系，随即赴新疆且末任教。现为且末县一中教师。曾获"巴州民族团结进步模范个人"，且末县优秀教师、优秀班主任等荣誉称号。

庞胜利，男，1977年9月生，保定市涞源县人。2000年毕业于保定学院政教系，随即赴新疆且末任教。现为且末县一中教师。曾获且末县优秀教师等荣誉称号。

选择去新疆的时候，侯朝茹刚刚过完21岁生日。

一个从没有出过远门的女孩子，心为何这么"野"呢？她也说不清楚。

或许，自己大学的专业是历史，对西域的楼兰、轮台的人文历史和张骞、玄奘、左宗棠等人物有一种天然的兴趣。或许，自己喜欢教师职业，只希望尽早、尽快地在一个全新平台上干一番事业。至于家乡与远方、舒适与艰辛，她都不曾考虑。

签下就业协议一个月之后，才忐忑不安地告诉父母。

父母当即表示强烈反对。兄妹4个，她是老小。前几年，父亲突发脑血栓，为了治病，欠下不少外债。现在，她毕业了，在家乡就业不仅可以从经济上缓解家庭困难，还可以就近帮助照顾病人。

可现在，她执意要远走万里之外。

为了打消女儿的念头，父母与她进行了长达 10 多天的谈判和冷战。

爸爸说："家里虽然穷，但也不缺你一口饭，这么多年风风雨雨，还不是把你们姐弟 4 个都养活大了吗？"

妈妈说："新疆太远了，听说那是过去流放犯人的地方，又冷又远又危险。你一个女孩子，万一出点儿啥事儿怎么办？"

她扑哧一声笑了，辩解道："哪里呀，时代早就不一样了。这都是政府统一安排的，再说又是我喜欢的教师工作。那里的孩子们，需要我这样的老师啊！"

"我们就不需要你吗？"

她沉默了。稍后，弱弱地说："现在通信也发达，我会经常写信和打电话的。再说，哥哥、姐姐他们都在呢。"

旋即又补充一句："我发工资后，会早早寄回家，帮着还债。"

…………

有了执念，谁也没办法，就像热恋中的爱情主义者。

最终，父母还是依从了她。

临行前夜，她在日记里写下这样一句话："到西部去！我愿驾驭青春，驰骋在生命的原野上，任他风雨雷电！"

出发那一天，父母蹒跚着，送她到村头。公交车启动的一刹那，她泪堤的闸门也启动了，滚滚流淌。她不敢回头，因为她知道，父母一定还站在原地，眼巴巴地看着她。

而在保定火车站的站台上，侯朝茹是 15 名支教毕业生中唯一没有落泪的女生。

她知道，这根本不是因为新闻报道里所说的乐观与坚强，而是自己在刚才的路上早就哭累了，哭透了。再说，去且末，是自己主动的选择，是如愿以偿。既然无怨无悔，何必哭哭啼啼？

且末在哪里？

她不知道，甚至也没有找来地图看一看。她更不清楚，年降水量不足20毫米、全年沙尘天气近200天，到底意味着什么。

刚到且末，她就体会到了当地风沙的威力。不仅是刮风，风里还夹杂着沙粒。沙粒打在脸上，犹如针扎，生疼生疼。

第一次经历沙尘暴时的可怕情景，她至今难忘。

天空，突然间就昏暗了，犹如一块巨大的帷幕，骤然落下来。

毫无征兆，自然毫无准备。

那时候，她正在上课，压根儿不知发生了什么。

学生们大声喊："侯老师，沙尘暴来了！"

她回过神来，赶紧伸手去摸电灯开关，啪嗒，啪嗒，连续几下，没有任何反应。

停电了！

碰到这种天气，要么是线路受损，要么是供电单位提前拉闸。

此时，不知谁点亮了一根蜡烛，教室内终于有了微弱的光亮。侯朝茹往门口一站，只见室外黄沙弥漫，面对面不辨人脸，呛人的土腥味儿塞满鼻孔，仿佛老天爷在搞大扫除。

她慌忙退回教室，把门关紧，心怦怦乱跳。

学生们显然更有经验，立即背起书包，准备放学回家或回宿舍。

果然，很快，学校的停课通知传来了。

按照规定，停课期间，大家都要待在屋里，不能外出。因为树被刮倒、电线被刮断是常事，极易引发各种事故。

尽管宿舍门窗关得严严实实，但第二天醒来，房间依然被无孔不入的沙粒洗劫了一遍，不仅锅碗瓢盆、杯盘灶具里全是沙子，包括床铺、被褥，甚至头发、耳朵、鼻孔都灌进许多。风停沙静后，打扫房间，清理出的沙尘，竟然几乎盛满了一个洗脸盆。

怪不得有人说："且末一场风，就能'刮走'几位老师。"

但是，侯朝茹偏偏是一个倔强姑娘，只要认准的事，没有什么困难能让她轻易退缩。

既然沙尘暴到来时会耽误学业，从此她就更加珍惜正常天气里的上课时间，力争最大限度地发挥课堂作用。

由于工作量增大，再加上环境恶劣，她的身体开始出现问题：嘴唇干裂、咽喉疼痛、鼻孔流血……那些日子，日渐消瘦的她，眼睛红红，头脑昏昏，总感觉天空中有一群黑色的乌鸦，在盘旋、在聒噪。

有一次，侯朝茹正在兴致勃勃地讲课，忽然发现讲桌上血迹点点。她意识到，鼻子又出血了。

这时候，前排女学生立刻掏出卫生纸，帮她止血，还关切地说："侯老师，我们这里风沙大，空气干燥，您可要记得多喝水呀！"

轻柔的话语，听得她心里暖烘烘。她把纸揉搓成小团，往鼻孔里一塞，没顾上擦干净血迹，又开始讲课了。

除了身体不适，生活上的不便也时时存在。

那时候，在且末打长途电话，需要去邮电局排队；寄出一封家信，收到回信至少要一个月。

恶劣的自然环境、闭塞的交通、艰苦的生活条件，让一些同事心生犹疑。

一次，饭后洗碗，原籍江西的一位女教师悄悄对她说："我很快就要调走了，你也想想办法吧，这地方实在是太糟糕了。"

时而，有人离开，选择回到原籍或去其他省市开始新的人生。

时而，也有内地的朋友传来消息，说某学校正在招聘教师，要不要回来看看。

2002年年底，又一位同事要调走了。

那位准备离开的老师，一直瞒着自己的学生，但不知怎么回事，纯真善良的孩子们最后仍然得到了消息。

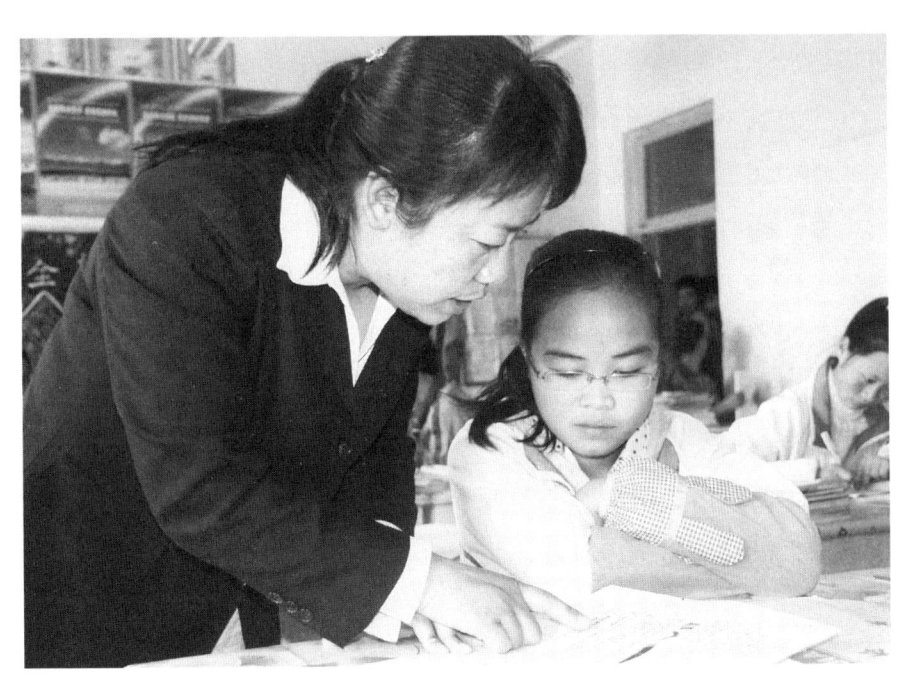

侯朝茹为学生辅导作业

大家去车站送行那天，他班上四五十个孩子全来了。当汽车要开动的时候，孩子们一下子都哭了，不停地挥着手："老师，我们爱您！老师，您一路顺风！"

这时候，一个靠近侯朝茹的学生流着泪问她："侯老师，您也会走吗？"

侯朝茹从来没想过孩子会当面问这个问题，霎时怔住了。

过了几秒，她拍拍孩子的肩膀，郑重地承诺："不，我不会走的，我要把你们教到毕业，陪着你们长大！"

3年后，侯朝茹开始担任高中文科班班主任。

文波和文绯是一对兄妹，2008年分到了她的班上。他们的父母依靠租种土地维持生计，家境困难，但两人都很努力上进。他们租住在一间狭小的民房里，冬冷夏热，条件十分艰苦。

侯朝茹主动帮他们申请到贫困生助学金，减免了伙食费。

有一段时间，文绯的成绩下滑严重。文波上课时，也总是低着头，一脸木讷的样子。课间，两人也很少与老师、同学交流。

侯朝茹特意找兄妹俩谈心，很快就摸清了情况。

原来进入高三后，文绯感觉学习压力大，内心难以承受，产生了焦躁情绪；文波则视力下降得厉害，看不清黑板，又不想配眼镜增添父母的经济负担。

周末，侯朝茹带着兄妹俩，到县医院做了检查。医生建议文波配眼镜，文绯原有的镜片度数也要提高。

过了几天，侯朝茹让兄妹俩来办公室一趟，将价值1300元的两副新眼镜送到了他们手里。

两人意外极了。

文绯激动得哭了起来。文波的眼里也噙满泪花："老师，等我将来挣钱了，一定还您。"

侯朝茹微笑着说："老师最想看到的，就是你们能健健康康地成长。现在，最重要的就是调整情绪，全力以赴，备战高考。"

此后，她多次与兄妹俩交谈，帮助他们释放压力、缓解焦虑；元宵节那天，她还带着爱人和孩子陪他们放鞭炮、看烟花；高考前，又特意来到他们的出租屋，送来水果……

兄妹俩高考非常成功，分别考入了上海和乌鲁木齐的大学。

高考后，侯朝茹帮助文波申请到一笔企业捐赠的助学金，为其减轻负担。此后，她还在为人处世、职业规划等方面，给予兄妹俩关心和指导。

2013年，文绯从新疆师范大学学前教育专业毕业后，回到且末县，在阔什萨特玛乡小学的幼儿园任教。

谈到侯朝茹为他们兄妹俩配眼镜的往事，文绯至今记忆犹新："侯老师给我哥配的是矫正视力的中子镜，给我配的是当时最好的多焦点镜片。多年来，正是这两副眼镜，让我们把未来的路看得更清楚。"

侯朝茹的学生中，还有一个名叫努尔曼古丽的维吾尔族小姑娘。

她出生在一个多子女家庭，姐妹6人。特别不幸的是，父亲残疾，母亲重病在身，属于城镇低保户。

努尔曼古丽英语非常好，初中时曾参加全州英语竞赛，并获奖。但是，家境的困窘让她时常面带忧虑，走路时也低着头。是的，谁都知道她是一个苦命的孩子，内向、柔弱，犹如一茎纤细的小草。

侯朝茹多次与她交流，希望她勇于面对生活。然而，2010年春节过后，灾难又一次降临到努尔曼古丽的头上——父亲因病去世了。

听到这个消息，侯朝茹放心不下，连夜赶过去。

在孩子的家里，侯朝茹意外地发现，努尔曼古丽一直没有哭，不言不语，不吃不喝，只是呆呆地坐着。她立刻意识到，孩子在压抑内心巨大的悲痛，必须让她宣泄出来。

侯朝茹握住努尔曼古丽的手，弯下腰，抱住她，轻轻地说："努尔曼古丽，家里发生了这么大的事情，你帮助妈妈做了很多，非常不容易，老师心疼你！"

闻听此言，小姑娘再也抑制不住悲痛，像山洪暴发一般，扑在侯朝茹怀里，放声大哭起来。

那天晚上，侯朝茹和她聊了很久很久，鼓励她做生活的强者，做妈妈的帮手、妹妹的榜样。将来还可以通过自己的努力，让家人生活得更好。

老师的话，在这个维吾尔族姑娘的心里产生了巨大的动力。

渐渐地，她的脸上有了笑容。

侯朝茹经常约她出去走一走。漫步校园、驻足河边、穿行巷中，师生的脚步叩击着这一片土地，如同叩开了一扇扇尘封的门扉，如同踩响了一架架历史的琴键，如同游历了一座座理想的花园。

未来的美好画面，如烟似雾，扑面而来，努尔曼古丽的心灵不由自主地产生了一阵阵感应。是的，那些活跃在书页间的英雄豪杰，那些飞扬在理想中的青春偶像，似乎都欢活起来，都来到了面前，都在向她鼓掌，向她微笑。她自己，也渐渐变得欢快起来。

后来，努尔曼古丽以优异成绩考入中央民族大学。

侯朝茹乐于助人，源于她一段隐秘的个人经历。

高一时，父亲突然得了脑血栓。常年住院，把家底都掏空了。万般无奈，她便想辍学。班主任老师得知后，就骑着自行车，赶了20多里路到她家里，给父母做工作。

老师真诚地说，如果交不起学费，就由他来资助，千万不能让孩子退学。

怎么能让老师替女儿出钱呢？

母亲一咬牙，就把家里唯一的大骡子卖了。要知道，那骡子可是家里的主要生产力啊！

正是因此，她才有了今天。

她特别感谢那位老师。所以，自己工作以后，只要见到有困难的学生，总会施以援手。

侯朝茹经常对自己说，不仅要做一个学生喜欢的好老师，而且要做一名勤奋努力的好学生。

她的专业是历史，但自从担任班主任后，发现学生们由于受青春期、学业、家庭等因素的影响，出现了很多情感、心理方面的问题，特别需要精神关怀与疏导。

于是，她专门买来电脑和相关书籍，自学有关青少年学生心理健康教育方面的函授课程。

每天晚上，她上完一天课，哄孩子入睡后，就打开电脑学习；每天早上，做好早饭、唤醒家人之前，再学习一个小时。

此时的昆仑山、阿尔金山、车尔臣河和整个小城，皆在睡梦中。一尊尊黑黢黢的庞大山体，宛若沉默的神兽。大树与小草、骆驼与蚂蚁、猫狗与牛羊、男人与女人，都闭着眼睛，打着鼾。唯她独醒，两眼亮晶晶，心底明澄澄，脑细胞轻盈且鲜活，像漫天礼花，蹦蹦跳跳；如杨花柳絮，翩翩跹跹……

9个月后，她到乌鲁木齐市参加心理咨询师考试。来回折腾4天，终于通过了三级考试。而后，她又马不停蹄地报名参加了"三进二"的培训，并于2009年考取了国家二级心理咨询师。

学成之后，侯朝茹主动请缨，开设专业辅导课。

这些年，她除了担任班主任和历史老师之外，还义务承担着学生高考前的心理辅导。

有一个高三男生，父亲突发重病，需要到乌鲁木齐手术治疗，母亲不得不去陪护，只留下他一个人在家，情绪特别低落。

侯朝茹主动担负起了陪伴任务。每天晚自习后，送他回家。早晨，她醒来后第一件事，就是给他打电话，询问起床了没有，吃早饭了没有。如果还没有起床，或者没有接电话，她就马上骑车赶过去，顺便再带一份早餐。

整整两个多月，孩子思想稳定了，学习也稳定了。

后来，这个孩子考取了重庆市一所大学。

庞胜利，也是当年志愿赴疆的15位同学之一。

不过，他还有一个身份：侯朝茹的爱人。

这个喜欢摄影、阅读和思考的男人，每当展开一封父亲的回信，依然会像当初一样，哭得像个孩子。

胜利：

你3月9号的来信我于26号收到了，接到你的来信我万分高兴，如同你站在我的面前，高声地叫爸……

你在那里情况已知，望你不要想家，不要凄凉，那里有你同去的同学，你三人同吃同住同工作，多好。再者，你们要多结交点儿朋友，慢慢生人都变成了熟人，新朋友变成了老朋友。总之，你要努力工作，给祖国多培育人才，为建设新疆美好将来，栽上万朵鲜花。

暑假最好回家探望一次，家里的气候好，回家休息一个假期。如实在不能回家，可提前来信。

家中一切都好，你哥、嫂、小侄儿、小侄女、姐姐、外甥都很好，望放心。你小外甥已经上学了。

爸爸衣食住行都很好，身体很健康，放心好了。

新疆现在正在大开发，中央下了很大的力量，你到那里去，爸大力支持。望你在那里要施展你的才华。如有时间，投稿子，写文章……

你以后不要提"不孝"二字，你这是到了祖国需要你的地方，现在不是号召全国人民到那里去开发吗，你是祖国的排头兵，是好样的。爸爸为你自豪，为你骄傲。你常给爸爸来信，就是最大的孝，不要忘记。

你的终身大事，有合适的，自己办好了。

望你下次来信将那里的详细情况写清，一是自然情况，二是用人情况、待遇，三是你们的生活情况，四是建设和资源情况。

最后，祝你工作顺利，身体健康。代向你们同去的同学问好。

父　庞玉明
2001 年 3 月 26 日晚

这封信，父亲是春天寄出的，庞胜利收到时，学校已经快放暑假了。

500 多个字，5000 多公里，真可谓家书抵万金。

庞胜利兄妹 5 人，他排行老末。妈妈在他读高中时去世了，留下爸爸一人孤苦生活。爸爸是一位老党员，初中文化。

按照农村风俗，老人原本的算盘也很明确，那就是将来跟着小儿子生活。可现在，算盘被打碎了。

没有办法，父亲提出了唯一要求：每月写一封信。

自此，庞胜利每月写信，向父亲汇报工作和生活情况。的确，他是父亲最小的儿子，也是最大的牵挂。

可是，到达新疆后的第一个寒假，他就没有回家。

不是不想回家，而是火车票太难买了。当时，没有电话和网络订票服务，即便出高价也一票难求。

不能回家，只能在且末过年。

除夕，听着屋外鞭炮齐鸣，他再也抑制不住想家的心情，喝得烂醉，拍墙痛哭。

那一刻，庞胜利明白，不能回老家将是生活的常态，必须坚强地面对，必须尽快地适应。

也是从那一刻起，他开始正式思考和寻找爱情。

于是，在很快到来的春天里，他走进了侯朝茹的情感世界。两个同样出身、同样贫困、同样孤单的老同学，在万里之外，竟然就是有缘人！

2003年3月，他们在且末结婚，却没有举办婚礼。

为什么不举办婚礼呢？

木萨·托合提的两个女儿都是侯朝茹（中）、庞胜利（左一）的学生

一是双方老人和亲戚都不在场；二是经济拮据，他们的工资，大半寄回老家还债了；三是他们贷款购买的一套72平方米的商品房，因为没有钱装修，更没有添置像样的家具，根本不像一个新房。

2005年2月，儿子出生。

双方老人不放心。

于是，这3位70多岁的老人，也像几年前的儿女们一样，经过5天4夜的旅途，来到了且末，来看望儿女和下一代。

一大家子人，终于团聚了。

小小婚房，一下子就住进了6口人。

虽然拥挤，却是这个大家庭最幸福的时期。

住了两年后，问题出现了。毕竟年过七旬，毕竟生活习惯不同，毕竟思念故土，老人们的身体陆续出现了不同问题。特别是侯朝茹的父亲，脑血栓又犯了。

传统心理，叶落归根。由于担心客死他乡，老人们整日忧心忡忡、惴惴不安。

没办法，只得回乡。

那一天，庞胜利送别老人。从且末送到库尔勒，再从库尔勒送到乌鲁木齐。

火车启动前，庞胜利与父亲再次约定：每月一信。

父子之间的万里思念，又出发了。

2009年春节，庞胜利为老爸购置了一部手机，这才结束了书信往来的历史。几年后，他又为爸爸更换了一部智能手机，不仅可以时时通话，还可以时时"见面"了。

只是岁月不居，时节如流，子欲养而亲不待。2019年11月，父亲溘然长逝。

闻听噩耗，庞胜利马上飞回故乡，跪在父亲的遗体前，痛哭失声，昏厥过去。其中，一半是悲哀，一半是遗憾。

父亲去世后，他就彻底变成了一个新疆人。

每年的清明节和春节时，他都会搬出父亲的遗像，擦拭干净，摆上祭品，烧纸上香。而后，跪下来，闭上眼，与面前的父亲说几句话……

2009年9月至2010年6月，侯朝茹和庞胜利两人同时带高三，且都是班主任，晚上和周末都要在班里辅导。

儿子刚刚4岁。白天可以在幼儿园，可每天晚上呢，周六、周日呢？

怎么办？

万般无奈之下，学校领导特别研究，同意侯朝茹带孩子上课。

于是，在全县甚至全国教育界难得一见的画面出现了：

每当上辅导课时，侯朝茹就在讲台下放一个小板凳，让孩子坐上去，哄劝不要出声。可孩子毕竟年幼啊，一会儿就不老实了，不是来回走动，就是挤眉弄眼。有时从凳子上滑落，摔得哇哇大哭。

后来，他们从孩子喜欢观看的电视剧《西游记》中得到灵感。孙悟空为了保护唐僧安全，用金箍棒画了一个圆圈，让他端坐其中。于是，再带着孩子上课时，侯朝茹就在教室后排空地上用红粉笔画一个圆圈，让孩子坐进去，再放置一些玩具和零食，约定不能出圈、不能说话，只能在里面玩玩具、吃零食。

这样一来，小家伙果然不闹了。

轰轰烈烈的留法勤工俭学运动，也在保定兴起。

1915年6月，保定人李石曾等在法国成立以"勤于工作，俭于求学，以进劳动者之智识"为宗旨的勤工俭学会，后又发起华法教育会，号召有志青年到法国半工半读，学习西方的民主和科学。

华法教育会成立后，首先在保定设立了留法勤工俭学预备学校和预备班，而后又在北京、上海等地成立相关组织，在全国招生。

热血青年，纷纷响应。

受其影响，中国共产党早期主要领导人毛泽东、周恩来、刘少奇、邓小平、蔡和森、李富春、陈毅、李维汉等人，或来到保定，或在当地参加相关组织，筹备出国留学。

第八章

洋 羊 阳

其实，幸福从来不是位高权重，不是财大气粗，不是香车豪宅，而是生活中一个又一个微小的愿望陆续实现。

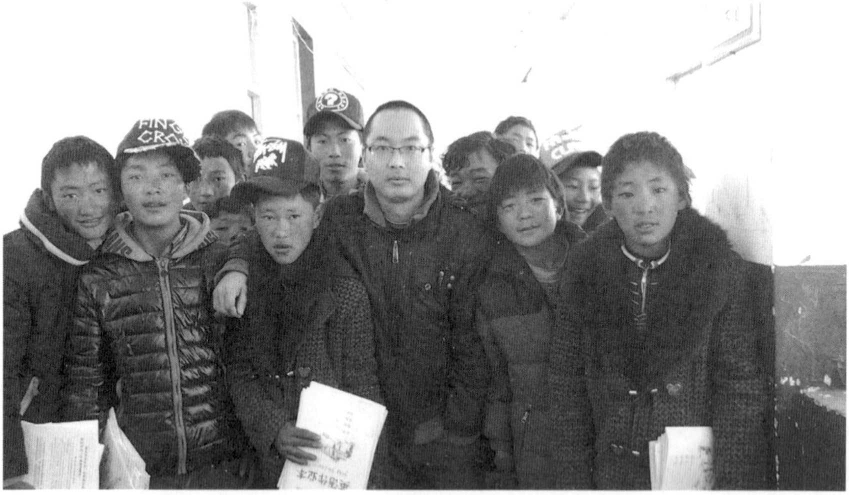

杨广兴，男，1978年7月生，保定市唐县人。中共党员。2000年毕业于保定学院历史系，随即赴新疆且末任教。现为且末县委党校高级讲师。曾获巴州党委党校系统优秀教师等荣誉称号。

杨广兴的家乡，是太行山里一个极偏僻的小山村。

上中学的时候，已经具有初步地理知识的杨广兴，常常躺在山坡上，浮想联翩。村头有一个水库，叫大洋。小山村，大海洋，反差太强烈。他死死地盯着水库的水面，无论如何也想象不出大洋的样子。

生命和生活，给了他飞翔的欲望，也正在逐渐赋予他飞翔的翅膀。

兄弟三人，他排行老二。

记忆中，父母务农之余，就是收羊皮、卖羊皮。院子里挂满了干羊皮，像一面面旗帜，风一吹哗哗作响，甚是壮观。

但是，羊皮膻味浓烈，常常招来苍蝇，密密麻麻，嗡嗡嘤嘤。

后来，收羊皮的成本越来越高，家里开始养羊。最多时，曾养殖3000多只，白花花、圆滚滚、肥嘟嘟，像团雾，似云朵，如棉包，煞是惹人喜爱，也惹人讨厌。

父亲常开玩笑说："谁脾气急躁，就派谁放两个月的羊。"

为什么呢？

羊群走得慢。跟着羊群走，性情急躁如泼猴，也会被磨成慢悠悠的唐玄奘。

"你看，羊虽然长着四条腿，但都是半步半步地走，每一条腿都在拖另一条腿的后腿。"回忆起年少经历，杨广兴颇有发现。

正是在"洋"和"羊"的氛围中，杨广兴长成了一个阳光开朗的少年。爱动，爱笑，一咧嘴就露出两排白牙，在黝黑的面孔上，仿佛划过夜空的一道闪电。

1998年，乡中毕业的他，考入保定学院历史系。

在水库当管理员的三爷说："你小子出息了，将来当老师多好，风刮不着雨淋不着，不干活儿，也能每天吃饺子！"

他嘿嘿一笑，回答道："吃饺子不吃饺子倒无所谓，关键是我喜欢这个职业。"

2000年，毕业季。他原本打算去云南支教。云南，彩云之南，多好哇，有阿诗玛，有蝴蝶泉，有玉龙雪山……

此时的杨广兴，心已经飞翔起来了，但飞向哪里？也许是云南，也许是他乡。

不承想，且末二中前来招聘。在热烈的气氛中，他顺其自然地报名了。

可以说，对于杨广兴，飞向远方，是必然，飞向且末，纯属偶然。

偶然和必然，原本就是神秘莫测的命运和人生啊！

临行前的那段时间，杨广兴对新疆做了一番研究。既然要在西部工作和生活，就要尽快认识西部、了解西部，进而爱上西部。

为此，他还专程去音像店买了一盘名叫《西域风情》的磁带，并且跟着录音机学会了一首新疆民歌《达坂城的姑娘》：

> 达坂城的石路硬又平啊
> 西瓜是大又甜哪
> 达坂城的姑娘辫子长啊
> 两个眼睛真漂亮
> 你要是嫁人
> 不要嫁给别人
> 一定要嫁给我
> 带着你的嫁妆
> 唱着你的歌儿
> 坐着那马车来
> …………

抵达且末的第二天晚上，本来已厌倦羊膻味的他，专门与庞胜利等几个同事找了一个烧烤摊儿，点了羊肉串、架子肉、馕包肉……并特别点了一瓶当地生产的白酒"玉沙液"，大快朵颐。

是夜，昆仑摇晃，沙漠摇晃，红柳摇晃，月光摇晃，晃晃摇摇，摇摇晃晃。杨广兴和朋友们，就这样摇摇晃晃地融进了这片异乡的土地。

的确，爱上一个地方，首先必须爱上她的饮食。

新疆饮食，大多饭菜不分，有主食，有蔬菜。大盘鸡更是如此，主食材是鸡，配料是辣子、皮牙子（洋葱）、洋芋、葱、姜、蒜，外加特制皮带面，搅拌在一起，好吃耐饿，适合在路途中食用，也方便在偏远的路边店制作。剁一只鸡，配一把辣皮子，一口铁锅便能炒制出来。

很快，除了大盘鸡，杨广兴又学会了做拉条子和手抓饭。

拉条子，是新疆拌面的俗称，一种不用擀压而直接用手拉制而成的面食。

做拉条子，重点在和面，和面的关键在于放盐适量。做法也简单，先炒菜、后拉面，再将拉好的面条煮熟，捞到盆中。可根据自己的喜好，过凉水或热水，当然也可以不过水，直接装盘。最后，倒入做好的炒菜。吃饭时，再备几瓣大蒜，味道那叫一个美。

手抓饭呢，主要的食材是新鲜羊肉、胡萝卜、洋葱、清油、羊油和大米。

大米浸泡半个小时，羊肉切小块，胡萝卜切丁或丝，洋葱切丁。锅里放油，油热后，先放洋葱，再放羊肉炒出香味；随之放盐、孜然、鸡精、胡萝卜等，一起翻炒；接着倒水，没过羊肉；慢火炖大约10分钟；倒入电饭锅，再把泡好的大米均匀地撒在上面，焖20分钟后，香气扑鼻。稍后，搅拌出锅，即可食用。

还有烤羊肉串、烤包子……

这些纯正的新疆美食啊，天赋异禀，细嫩鲜美，频频引爆味蕾。它们在唇舌间狂轰滥炸、叱咤风云之后，又一路旗开得胜、顺风顺水地进军肠胃，彻底征服了杨广兴。

就这样，拉条子拉住了他的心，手抓饭抓住了他的胃。

人间烟火气，最抚凡人心。

生活中也许有诸多不如意，但无论脚步多么匆忙，工作多么辛苦，一天也要挤出点儿时间来，不慌不忙地为自己做一顿饭。

是啊，作为一个现实世界中的人，我们也许无法改变命运，但偶尔改善一下生活，总是力所能及。只要一顿美餐、一句良言、一个奇思妙想便可以完全改变心情。如此简单易行、唾手可得的幸福都不知道去争取，还追求什么大幸福呢？

其实，幸福从来不是位高权重，不是财大气粗，不是香车豪宅，而是生活中一个又一个微小的愿望陆续实现，从而在心态上形成一个喜悦的、稳定的、长期的时空链条。

于是，来新疆不到两个月，既爱美食又爱做饭的杨广兴就深深喜欢上了这块广袤而神奇的土地。

与此同时，紧张的教学生活开始了。

学校安排他带初一两个班和初二两个班的历史课。

对于刚刚踏上讲台的新教师而言，短时间内实现由学生到老师的角色转换，颇有些难度。

关键时刻，杨广兴与当地老教师喝了一场酒。同事们开怀畅饮，无话不谈，旋即打成了一片。

饮食，是人与人之间最好的黏合剂。

于是，同事们对他倾囊相授，毫无保留。

特别是达吾提和阿里甫老师，耐心细致地和他交谈了许多次，针对教案如何写、课如何上，简直是手把手传授。同时，他们还介绍了西部学生的特点、初中学生的兴趣点等，对他的教学工作尽快步入正轨帮助极大。

杨广兴教的班里有一位维吾尔族女学生萨阿妲蒂，虽担任历史课代表，收发作业也很及时，但学习成绩不太好，尤其是历史很不理想。因此萨阿妲蒂几次找他，想辞去职务。

杨广兴多次做思想工作，告诉她一两次考试并不能说明问题，关键是要培养对历史的兴趣，找到适合自己的学习方法。后来，又帮她借阅了一些历史方面的课外书，并且梳理了几个单元的重点内容，叮嘱她及时总结知识点。

令人惊喜的是，萨阿妲蒂的成绩提高很快，不仅历史，其他科目也有明显进步。

一个学期之后，她一跃成为班里的优等生。

看来，改变一个学生，第一学期很重要。换一个环境，换一个老师，是改变的最佳机会。而养成良好的学习习惯，便是成功的一半。

除了担任历史课教学工作，杨广兴还兼任了学校学生会辅导员，先后与凯撒尔、买尔旦江、吾买尔江等老师共同负责学生会工作。

在与3位维吾尔族老师合作的过程中，相互之间结下了深厚的友谊，杨广兴经常受邀到他们家中做客。

大家共话友情，共享美味。除了手抓饭和拉条子，还有烤肉、烤包子、油塔子、丁丁炒面、大盘鸡、奶茶……

当然，杨广兴也会把这种快乐传递给所有亲朋好友。

那时候，学校业余生活比较枯燥。每到周末，他总会招呼大家各显身手，每人做一盘菜，在国旗台旁边的桌子上聚餐。所有人围坐在一起，说着笑着，吃着喝着，时而抬头望一眼五星红旗迎风飘扬，豪迈之气，油然而生。

2006年，杨广兴成家了，爱人是学妹兼同事——保定学院2004年数学系毕业生刘艳红。

万里之外，教书育人。夫唱妇随，好不惬意。

2010年，杨广兴被调到县委党校当教员。

过去面对的是未成年人，现在面对的是成年人，他的教学方式也开始适时转变。

毫无疑问，到党校当教员，语言差异是横亘在他和维吾尔族同胞之间的一道无形的墙。

为了尽快学会维吾尔语，杨广兴在巴格艾日克乡克仁艾日克村驻村期间，与村委会妇女主任古再丽努尔商定，他教她汉语，她教他维吾尔语。

古再丽努尔原本学习成绩不错，因为母亲病重才早早辍学回家，遗憾地错过了上大学的机会。而今母亲康复，家里的条件也越来越好，杨广兴鼓励她继续考大学。

古再丽努尔说："我，可以吗？"

杨广兴说："只要敢想敢做，完全没问题，考上大学将来会有更多的人生机会。"

就这样，她一边工作一边学习，终于考上了开放大学，取得了本科学历。

2017年，杨广兴再次驻村，来到且末镇科台曼社区，与维吾尔族农民阿希木结成对子。

阿希木学过木匠，豪爽、善饮，经常邀请杨广兴一起去他朋友

驻村工作期间，杨广兴（右二）与新疆朋友在一起

家喝酒。

在不少新疆朋友看来，酒是衡量感情的重要标杆之一。酒喝得多，交情就深，人喝得醉，感情就铁。

生活在南疆的人，饮酒方式比较特别：烤鸡、烤羊肉、馕等饭菜上桌后，待客人吃饱后再喝酒。酒司令拿着两个杯子，自己先喝一杯，然后将两个杯子在客人之间传递。传递过程中，别人都在看着你。如果你不喝，后面的人便没有办法进行，于是面对盛情，常常就会喝多。

荒漠之中，明月之下，杨广兴和阿希木等几个喝高的新朋友，嗓音时高时低地说着明天就会忘记的大话。

那些话，随月亮升高，又随沙丘起落。

抬头，一轮明月高悬，仿佛宇宙的眼睛，望着汉族和维吾尔族同胞，望着这几个亲如兄弟的男人。

是的，推杯换盏间，不同民族的人们尽情欢笑，热情相拥，像石榴籽一样紧紧抱在一起，生活和工作中的困难便迎刃而解。

有一次，醉酒后，杨广兴扶着阿希木的肩膀，看着盘子里剩了一半的烤羊肉，突然嗓子发痒，从自己一个接一个的打嗝儿声里，似乎听见了咩咩的叫声。

于是，在朋友们的搀扶下，他拖着踉踉跄跄的脚步，大声唱起了《牧羊曲》：

　　日出嵩山坳
　　晨钟惊飞鸟
　　林间小溪水潺潺
　　坡上青青草
　　野果香，山花俏
　　狗儿跳，羊儿跑
　　举起鞭儿轻轻摇
　　小曲满山飘
　　满山飘
　　…………

"什么嵩山坳啊，这里是昆仑山！"阿希木纠正道。

晚风温情地翻阅每一片树叶，也点燃了他们酒后聊天儿、吹牛和唱歌的兴致。

"对对对，是昆仑山，是昆仑山！"杨广兴哈哈大笑起来。

日出昆仑坳
晨钟惊飞鸟
林间小溪水潺潺
坡上青青草
…………

歌声再次飘起，阿希木满意了，对杨广兴竖起了大拇指："亚克西，亚克西！"

杨广兴有样学样，也竖起大拇指："亚克西！亚克西！"

儿时的夜晚，走在村边黑黑的小路上，满天星光摇晃。他用手电筒照一下天空，一条长长的光柱，便像孙悟空的金箍棒，瞬间变大，直刺而去，把黑黑的天空捅出一个大窟窿！

而今，中年的自己，醉酒后，却高兴地摇晃在异乡的小路上。这里，距离故乡，万里之遥。

再一想，这里是异乡吗？

非也。

生活在这里，常常思念故乡，而一旦回到故乡，又时时牵挂这里。

异乡故乡，难以分辨。

哦，转眼间，自己已经在这里快快乐乐地生活了这么多年。自己的青春，自己的中年，自己的妻儿，自己的梦想。

如此说来，这里还是异乡吗？

此心安处，便是故乡！

的确，这个从河北省唐县大洋水库边迁来的中年人，搞过养殖，喜食羊肉，阳光开朗，真是大家心目中的"洋羊阳"啊！

谁也抗不过岁月。

20多年过去了，杨广兴的脸庞还是被岁月派来的皱纹所侵蚀。但对他来说，那是智慧，那是荣光，那是人生，那是幸福。

幸福在哪里？

有时候，它就像飞舞在灵魂天空中的一只漂亮蝴蝶，当你竭尽全力地拼命追逐时，总是飘飘忽忽，遥不可及；而当你安静地坐下来时，它却翩翩地、悄悄地降落到了你的额头上。

…………

如今的杨广兴，已经是中共且末县委党校副校长，当地的理论权威和文化专家。

在且末，他有好多好多的维吾尔族朋友。

是的，是朋友，也是亲人！

保定育德中学留法高等工艺预备班，从1917年6月创办到1921年6月停办，先后招生4个班，毕业学生213人，赴法勤工俭学约120人，其中刘少奇、李维汉、李富春等人在此度过了一段宝贵的青春岁月。

第九章

红 与 青

我喜欢红柳。

虽然普普通通，却扎扎实实、真真切切，是这片土地最好的朋友！

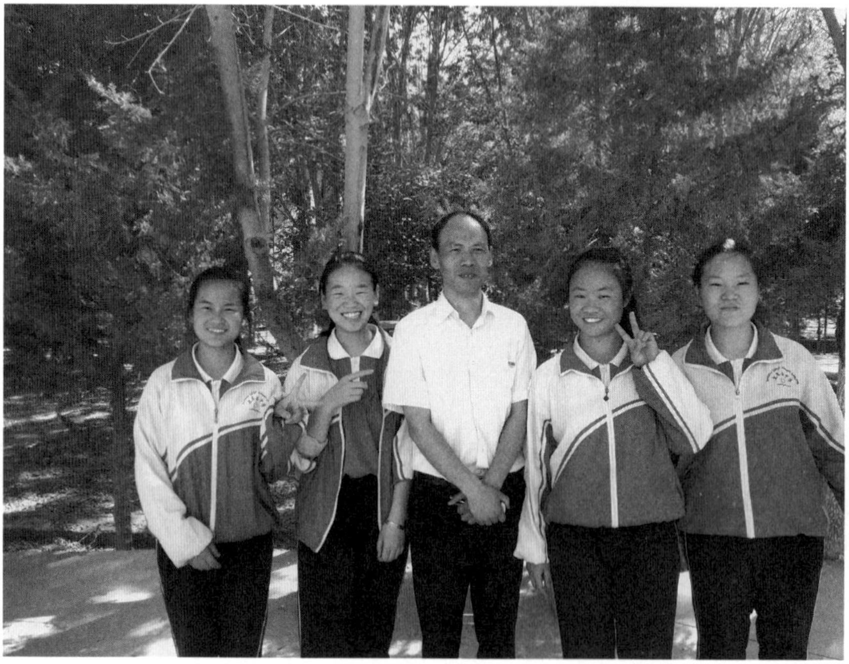

辛忠起，男，1976 年 11 月生，保定市涞源县人。高中期间加入中国共产党。2000 年毕业于保定学院中文系，随即赴新疆且末任教。现为且末县一中教务处主任。曾多次获且末县优秀班主任、优秀教师等荣誉称号。

浓眉大眼，魁梧健壮，言行沉稳，性情随和。

如果仅仅看这些，辛忠起的确是一个标准的美男子和魅力男。只是，只是他的额头，布满了红斑，像是扑了红粉，化了"红妆"。

谈起这一切，他感叹着，也微笑着……

家里兄妹五个，他排行老三。

虽然是老三，却扮演着老大的角色。因为家里太贫穷，大哥早早就入赘外地，二哥身有残疾。

一盘土坯炕，三间砖瓦房。窗外是贫瘠的田地、起伏的群山和说不出名字的野花野草，再远处便是弥蒙的雾气了。他自幼就随父母上山劳作，默默地随着春种秋收生活着，像田垄边一株自然开合的打碗碗花。

上学之余，辛忠起掌握了全套农活儿。照理说，他这样的家庭，未来的出路，就是踩着父亲的脚窝，终老山间。

但，他是一个顽强的生命啊，他也有自己的思想啊。

生在太行山革命老区，辛忠起从小就受狼牙山五勇士、王二小等英雄人物的影响，因为这些人物故事，就发生在家乡周围。特别是，小村的山那边，就是"希望工程"主要发起地之一的桃木疙瘩村，而"希望工程"受助第一人张胜利的年龄，与他相差无几。

辛忠起读高中时，获得了学校的困难补助。虽然每年只有几十元，但足以温暖他的内心。所以，除了加倍刻苦学习之外，他特别喜欢参加集体活动，热心帮助别人。正是这些品学兼优的表现，使他受到学校重视，成为极少数高中时期就能够入党的学生。他更感谢党组织了。

高考填报志愿时，他果断地选择了师范院校。

我要当老师，我要去帮助那些穷孩子，志愿去一个更艰苦的地方，一个国家最需要的地方！

年轻人，总有一种英雄主义情结，总想过一种不平凡的生活，干一番轰轰烈烈的事业。于是，就想着去远方，去边疆。就畅想着，只要努力，一切都能改变，沙漠也能变成绿洲。

当且末二中前来招聘时，他第一个签下协议。

这个小伙子，虽然身材瘦削，内心却壮实着呢！

父亲得知他要去新疆后，只是点上一根烟，猛吸一口，叹息道："出去就出去吧……"

辛忠起知道，他这一走，对家里来说极不负责任。母亲身体瘦弱，多年来糖尿病缠身。老两口儿好不容易把儿子培养出来了，没想到又指望不上。

然而，自古忠孝不能两全。辛忠起名字里的"忠"字，似乎就蕴含着一种特殊信念。

初到且末，干燥的气候，导致喉咙肿痛，皮肤也变得越来越粗糙。

有一段时间，因为教学任务重，学生又调皮捣蛋，他操心上火，牙疼病发作了，半张脸肿得像一个大寿桃，后槽牙火辣辣地疼——见凉疼，遇热疼，碰硬的东西疼，吃软的东西也疼，一疼一头汗，一疼两眼泪，真要命！

夜里疼得不能合眼，便跪在被窝儿里，头拱着枕头。仍是忍受不了，只好在校园里来回转圈。这时候，他想起了远方的父母，他多想向二老诉诉苦，哪怕在电话里呻吟几声，这样，疼痛或可减轻几许……

当然，最难熬的还是精神上的寂寞和思乡之情。

每当月明之夜，耳边总会响起那首著名的歌曲《想家的时候》：

　　夜深人静的时候
　　是想家的时候
　　想家的时候很甜蜜
　　家乡月就抚摸我的头
　　想家的时候很美好
　　家乡柳就拉着我的手
　　想家的时候有泪水
　　泪水却伴着那微笑流
　　…………

为了充实内心，更为了实现自身价值，辛忠起主动请缨，担任班主任。

从初一到初三，一轮又一轮。由于教学成绩突出，他被调整为高中教师，仍是从头做起，从高一到高三，周而复始。

他全心全意地钻研教学，语文课讲得绘声绘色、引人入胜。

维吾尔族孩子们汉语基础普遍相对薄弱，对文言文的理解颇为吃力。每每这时，他就讲得特别慢、特别细，并且用各种肢体语言去表达、去演示。比如：讲到一壶浊酒，他就做一个饮酒的动作；讲到礼仪，他就模仿古人各种各样的行礼姿势，把讲台变成舞台。

辛忠起正在讲授朱自清的《背影》

不用说，此时的课堂，就变成了一个欢乐的池塘，而孩子们则变成了一条条欢蹦乱跳的鱼儿。

他备课有一个习惯，喜用红笔和黑笔。黑笔书写正稿和主体，是关键点和知识链；红笔进行修改和补充，是延展和花絮。黑红相间，工工整整，既有枝有干，又有叶有蔓。上课呢，多采用快乐教学法和激励教学法。他的讲述，时而蓝天丽日，时而雨雪霏霏，时而鱼翔浅底，时而鹰击长空……

孩子们目不转睛地盯着他，满眼闪烁着小星星。

春园芳草，日日见长；秋蚕食桑，夜夜育肥。

班里有一位维吾尔族学生赛买江，偏科严重，对理科一点儿也不感兴趣。

有一次期中考试，赛买江数理化都没有及格。爸爸看到成绩单后，特别失望，劈头盖脸便是一顿痛骂。

那些言语极大地伤害了赛买江的自尊心，导致他产生了厌学情绪。于是，他每天早上背着书包出门，看似去上学，其实整天在外面游荡。

辛忠起发现这一情况后，迅速和赛买江的妈妈联系，询问原因。没想到赛买江中午回家后，爸爸再次狠狠地教训了他。这次，彻底打消了赛买江上学的念头。当天傍晚，他收拾东西，执意辍学。

赛买江提着书包，已经走出了学校门口。辛忠起听说后，赶紧追上去，抓住他的手："你这是准备去哪儿啊？不上学以后打算干什么？"

赛买江眨巴着眼睛说："我学习不好，在班里总是拖后腿，回到家父母又失望，反正也考不上大学，还不如早点儿出去打工呢！"

辛忠起摸摸他的头说："孩子，你还是未成年人，什么技术都不会，能打什么工？"

赛买江沉默无语。

"在学校，你就没有感兴趣的课程吗？"

"我只喜欢上体育课，打篮球。"

辛忠起把他带到运动场上，指着篮球架，语重心长地说："是啊，你平时最喜欢打篮球了，每次校园篮球赛中，你的表现最好，又有很好的组织能力。我们班级在各种体育活动中获得的荣誉，都有你的一份功劳。"

接着又说："谁说你在班里拖后腿了？一次成绩不好不代表永远不好。离高考还有一年半的时间，把你在赛场上的那股拼劲儿用到学习上，并不是没有机会。我相信你从现在开始下定决心，集中精力好好学，就算考不上名牌大学，普通大学还是没有问题的。"

听了这些话，赛买江忍不住放声大哭起来，不仅仅因为暖心，更因为他得到了老师认可。

从此，赛买江发奋学习，顺利考上了大学。

毕业后，他回乡任教。如今，赛买江已经是且末县一个小学的副校长了。

其实，每一块顽石里，都沉睡着一个精美的维纳斯。只有热爱、智慧和耐心的钎锤，才能将她唤醒。

2011年，辛忠起的母亲突发脑梗。父亲犹豫再三，拨通了他的电话："忠起，你妈妈生病了，能不能再准备一些钱，5000元就够了。"

平时，辛忠起总是按时给父母汇款，这是父亲第一次主动开口求援。他立刻把省吃俭用攒下的10000元汇过去。

父亲收到汇款后，竟有些不好意思地问："这钱以后还要不要还你？"

"爸，你说啥呢！"

放下电话，辛忠起失声痛哭。

经过抢救，母亲虽然保住了性命，却瘫痪在床，生活不能自理，也丧失了语言能力，再加上多年的糖尿病，身体状况异常糟糕。

那段时间，格外漫长，每一天都是煎熬。

作为儿子，他多么想守在母亲身边端水喂药，可远在新疆，注定这是一种奢望。

2013年暑假，辛忠起回家探亲，正赶上母亲住院。这个远方游子跪在床边，看着说不出话的母亲，再也抑制不住自己的泪水……

人生欢愉，如此短暂。

母亲弥留之际，正值高考冲刺阶段。

辛忠起想，再坚持半个月，就回老家去。近百名学生，拼搏了三年，未来前途在此一搏，耽误不得啊！

几天后，弟弟打来电话，只是哭。

辛忠起知道，天塌了，自己已经错失与母亲见最后一面的机会。

放下电话后，他疯狂地跑出学校，在大路边，朝着家乡的方向，双膝跪下，以头叩地，号啕大哭……

幸福往往可以分享，痛苦常常只能隐藏。

这就是男人。

男人的世界，别人不懂！

2014年秋，由于工作压力大，心中悲痛，再加上气候干燥，辛忠起的免疫力开始下降，竟然患上了一种罕见的皮肤病——毛发红糠疹。

该病类似于牛皮癣和干性脂溢性皮炎，患者头皮先出现较厚的灰白色糠样鳞屑，随后面部出现红色干性细薄鳞屑，继而蔓延全身，痛痒难耐。

那时，且末县医院没有皮肤科，治疗必须去乌鲁木齐或更远的大城市，一来一回不知要耗费多少天。为了不耽误学生学业，他每天洗头四五遍，坚持上课。身上痒了，就走到僻静处，用劲儿抓挠。他的身上，经常是血迹斑斑。为了保持教师仪表，即使是夏天，他也是长衣长裤，穿戴整齐。

第二年暑假，辛忠起回了一趟老家。内地较为湿润的气候，明显缓解了部分病痛。

有一位当医生的朋友告诉他，如果长期在老家或者南方生活，再辅以适当的药物治疗，这种病就会慢慢痊愈。

于是，家人纷纷劝说他借机调回内地工作。

可是，他哪里能离开且末呢？

就这样治疗着、发作着，发作着、治疗着，治治停停，停停治治。转眼，10年过去了。

如今，辛忠起已经习惯了，习惯了新疆的生活，习惯了身上的病痛，也习惯了隐忍。

"隐忍"一词出自《史记》，意思是将事情藏在内心，不动声色地面对任何现实。现在，有时又表示一种特殊人格或人生境界。

谈起辛忠起，大家都说他是一个能够隐忍的铁汉。

辛忠起说："我哪里算得上铁汉，更没达到隐忍这一境界。我只是坚守着自己的选择，既然选择了西部，既然选择了且末，既然已在这里扎根，那就坚持到底吧！"

"你真是一棵红柳。"有人半开玩笑地说。

"是啊，我喜欢红柳，虽然普普通通，却扎扎实实、真真切切，是这片土地最好的朋友！"他认真地说。

说着，作为语文老师的他，也开起了玩笑："我就是一棵红柳，我们的颜色都是红的，是一个家族。而且，到我退休的时候，一定比它还要红。"

说到这里，他自豪地哈哈大笑。

只是别人，笑着笑着，便沉默了……

每年春天，辛忠起都要带着学生去沙漠边缘的治沙站植树。这，也是且末县所有学校的传统。

在且末种树，最开始，他想可能是像在保定时一样，扛着树苗，拿上铁锹，到郊外挖坑栽树。可到了沙漠里面一看，种下的都是梭梭、红柳之类的灌木。栽下去，地面上只有十几厘米高的一根纤细小枝条，周围用干芦苇围出防风墙。种下后，还要不断地浇水、施肥。即使这样，成活率依然非常低。到了秋冬和第二年春季，还要多次补种。

就这样，不厌其烦、反反复复地积累，几年之后，才能收获一片片绿叶。

教书和种树，一个道理。

在陪伴一届届学生走过中学时代的过程里，辛忠起的育人理念也在发生变化。

前些年，因为地处偏远、自然条件恶劣、交通落后，他总会鼓励学生要勇于走出沙漠，到外面更广阔的世界去发展。过了几年，他慢慢地意识到，培养学生对家乡建设的使命感同样重要，或更加重要。

是啊，这些年，且末等边疆地区发展很快。为此，国家一直在持续实施"西部计划"，招揽人才。作为本地人，在外面学业有成之后，更有责任建设自己的家乡。

2012届毕业生阿巴斯江·吐尔孙，大学毕业后回到故乡，现在是且末二中英语老师。

2016年，杨芳从新疆师范大学毕业，毅然放弃更优越的就业条件，选择回到且末任教。她的理由很简单："我在老师身上，看到了人生的价值。"

魏晓雅毕业于且末中学，大学毕业后返回家乡。她说："老师是我的榜样，老师在且末，就是我回来的理由！"

…………

如今，走在且末县城的大街上，经常会有人热情地与辛忠起打招呼。

这些人，大都是他教过的学生。

这些人，就是他最大的幸福！

的确，辛忠起就是红柳，与且末已经融为一体。

他的妻子，是且末本地人。而他们的女儿，更是一个地道的新疆姑娘了。他们居住在县城中心的小区里，幸福而平静地生活着。

说到这里，我不得不写一写最近发生的事情。

刚刚过去的2024年大年初一，辛忠起突然接到弟弟电话，父亲病危!

十万火急!辛忠起即刻带领全家,开车返乡。一路上,夫妻二人轮流驾驶,连续开车62个小时,行程3650公里,赶回家中。

81岁的父亲已经奄奄一息,但看着天边归来的儿子,泪光中闪动着欣慰。

辛忠起更是日夜守护,竭力尽孝。

父亲去世之后,辛忠起对人生、对故乡有了更深沉的思考。

不仅他,他们一起来且末的15人中,已有5人失去双亲。他们5人聚在一起,经常感叹自己成了无父无母的孤儿。

的确,父母走了,家乡的概念也发生了变化。

以前,河北是家,新疆也是家。现在,父母没有了,自己却成为下一代人的父母,原来的家乡正在渐渐淡远,而新疆,已经变成唯一的真正意义上的家了。

哦,新疆,我们可爱的家乡!

1918年10月,布里留法工艺学校开办第二年,招收了一个以湖南学生为主的初级班。班主任蔡和森,时年23岁。

经过在布里村几个月的法语学习,蔡和森于1920年1月踏上了法国的土地。

与他同行的,还有向警予、母亲葛健豪、妹妹蔡畅以及陈独秀的两个儿子陈延年、陈乔年等人。

1920年8月13日和9月16日,正在法国勤工俭学的蔡和森,在给毛泽东的信中提出:"先要组织党——共产党,因为他是革命运动的发动者、宣传者、先锋队、作战部……"

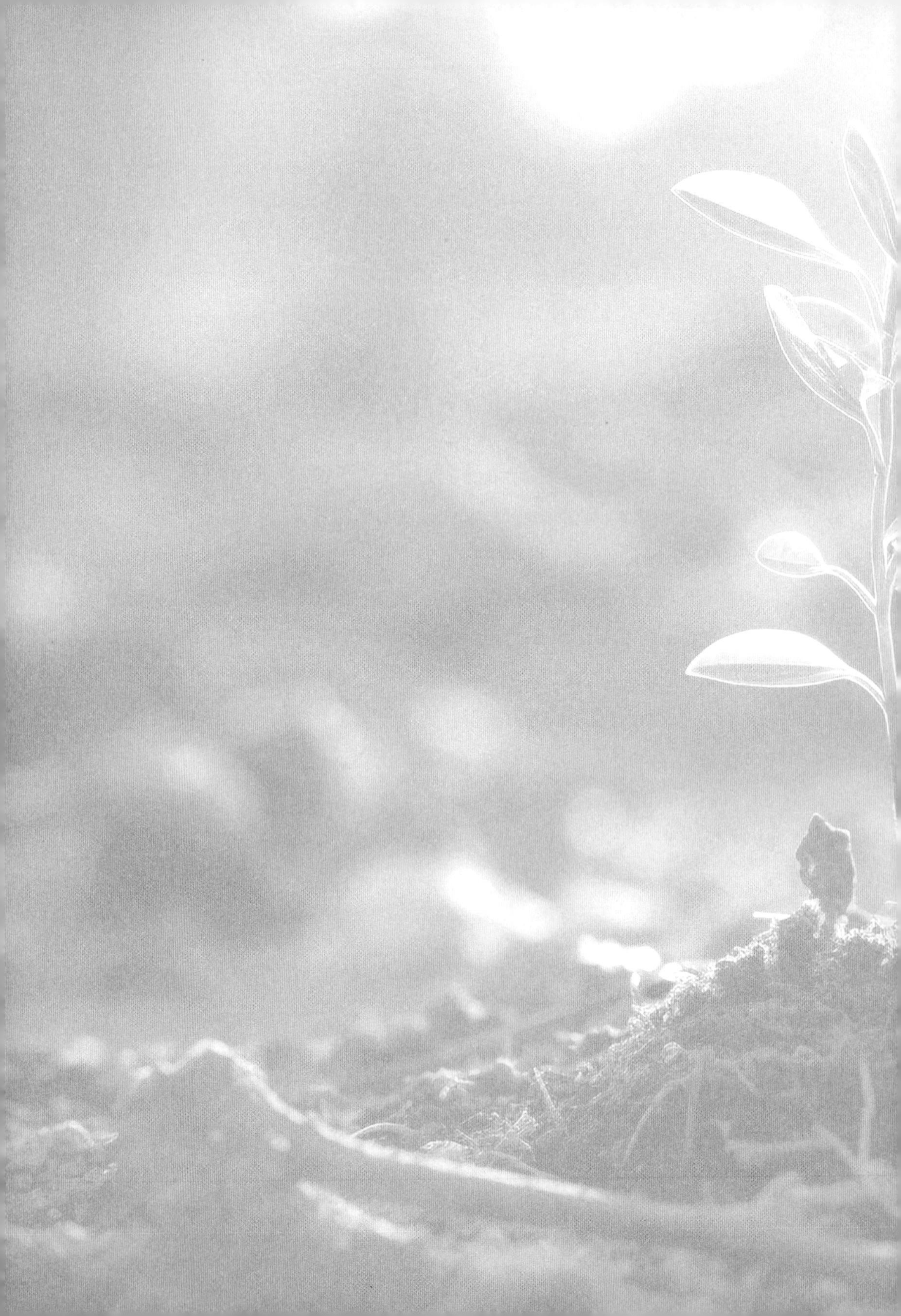

第十章

举家搬迁

只要我们在一起,走到哪里都是家。

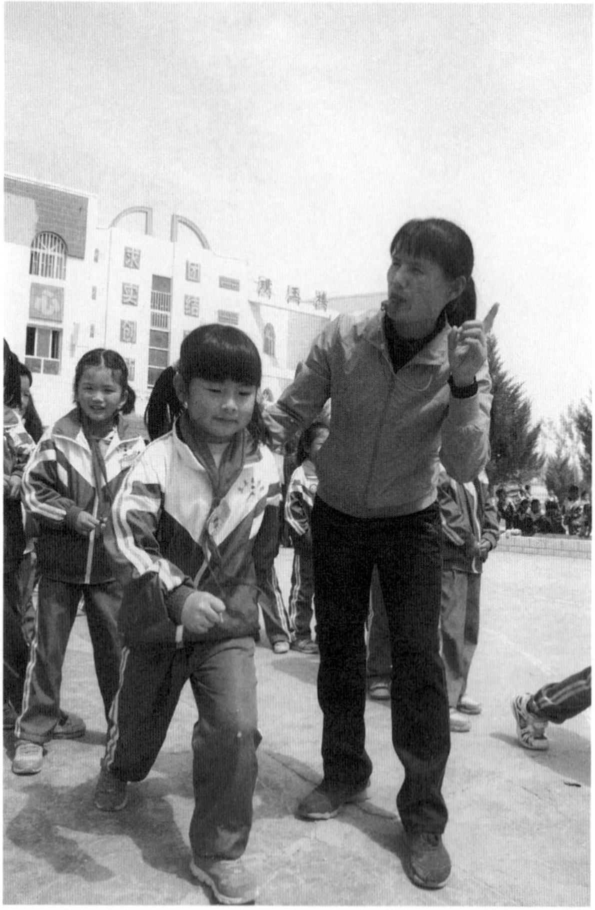

赵艳菊，女，1977年3月生，保定市容城县人。2002年毕业于保定学院中文系，随即赴新疆且末任教。现为且末县二中教师。曾获且末县优秀班主任荣誉称号。

且末县中学始建于1956年，是一所民汉合校完全中学。

2001年8月，且末县一中、二中合并，重新成立了且末县中学。

2019年9月，且末县中学再次拆分为且末县一中和且末县二中，前者以高中教学为主，后者以初中教学为主。

两所学校现有教职工239人，其中汉族129人、维吾尔族110人，党员86人。

截至2023年年底，且末县共有中小学、幼儿园39所，其中高级中学1所、初级中学1所、小学13所、幼儿园24所。全县共有在校学生14220名，其中学前幼儿班学生2202名、小学生8084名、初中生2992名、高中生942名。

一个人在外地做生意发财后，家族亲人前来投奔的现象，时有发生。

一个人在偏远地区教书，带动父母亲人全家搬迁的事情，举世罕见。

赵艳菊的故事，就属于后者。

说起来，她的行动，完全是受学哥学姐们的影响。

2000年8月，保定学院第一批15名毕业生落户且末之后，他们的事迹传遍全市。2002年3月，学院又邀请从且末归来探亲的苏普做了一场报告，使这种气氛再度升温。所以，4月中旬，当新疆巴州方面再次来到保定学院招聘教师时，赵艳菊直接报名了。

第二天，她开始感到不踏实。毕竟属于自作主张，还没有与父母商量呢。

是啊，赵艳菊在家是老大，下面还有两个正在上学的弟弟。如果她远走，二老身上的负担不就重了吗？

思来想去，还是如实告诉了父母。

本以为会引来雷霆之怒，没想到父亲沉默了一会儿，低语道："想去就去吧，在哪里工作都一样，何况这是响应国家号召，支援大西北光荣……"

到了且末，生活上的各种困难，接踵而至。

干燥的气候再加上饮食不习惯，嘴唇开裂、流鼻血成了常事。尤其是到了冬天，不仅风沙大，蔬菜供应还时时中断。

学哥学姐们早有提醒，赵艳菊在秋天的时候就做了准备。她买了不少辣椒、茄子和长豆角，煮熟后晾晒在房顶上，准备冬天食用。可是，谁也没想到，一夜大风，化为乌有。

第二年开春,她干脆在门口挖了一个地窖,既能储存夏天的西瓜,又能储备冬天的白菜。

与当地学生接触了一段时间,赵艳菊发现他们非常可爱,但同时也不得不面对一个现实:底子薄,基础差。有时候,一个很简单的问题,也要讲解许多遍,甚至必须引出与之相关的早已学过的知识才行。

对此,她决定调整初始设计的教学目标和教学方法,在课堂上不仅要讲新课,还要随时展开复习。

通过一遍又一遍的讲解,当她听到同学们异口同声地回答"明白了"时,别提心里多高兴了。

为了帮助孩子们尽快把成绩提上来,赵艳菊想了很多办法,比如组建文学社,将自己的上百本名著贡献出来,供大家阅读。

她深知,喜欢阅读的孩子一般来说都会变得越来越好,因为书本润物无声的滋养,比起说教更深入人心。

鼓励大家阅读的同时,她也常常走到学生中间,和他们讨论书中人物的命运,进而讨论字词的用法、造句行文的技巧,引导大家渐渐喜欢上语文课,特别是维吾尔族的孩子们,有了提高汉语听说读写能力的主动性。

秋天,学校开展勤工俭学活动,组织师生帮助棉农摘棉花。

新疆的棉花和内地不一样,棉株低矮,摘棉花时必须弯腰,时间长了,腰又酸又疼,站不起来。

那正是"早穿棉袄午穿纱,围着火炉吃西瓜"的季节。大家早上穿得多,在地里越干越热,再加上太阳在头顶炙烤,一会儿便大汗淋漓、嗓子冒烟。

好不容易坚持到午饭时间，大家纷纷把棉包背到地头儿。赵艳菊帮着学生过秤，也顺便称了一下自己的劳动成果。别看是老师，知识比孩子们多一些，可摘棉花，自己还是小学生呢。幸亏摘棉花只是劳动，不用考试。哈哈一笑，赶紧吃饭。

她发现，此时的饭菜，格外香甜。

这样的勤工俭学活动，赵艳菊连续参加了多年。

她和学生们同吃、同住、同劳动，一起锻炼，共同成长。记得读书时，听保定学院老师讲校史，老校友、两院院士师昌绪先生曾再三强调，求学阶段的劳动课，至关重要。

一张一弛，文武之道。的确如此。

2005年7月，赵艳菊的小弟赵国宝也从保定学院政教系毕业了。

赵艳菊并不知道他已在保定某集团应聘成功，随手打了一个电话："小宝，我们这边缺老师，你愿不愿意过来？"

或许是赵艳菊经常与弟弟联系，使他渐渐认识了新疆，对这块土地产生了好感。赵国宝只考虑了一天，就下定了决心。

当时，赵艳菊的大弟弟在广西，如果小弟弟再来新疆，父母身边一个孩子也没有了，怎么办呢？

接到赵国宝的电话后，赵艳菊突然陷入了矛盾，像3年前自己刚来时一样，说不清楚是高兴还是担忧。

这年8月，赵国宝辗转万里来到且末。通过考试，在且末县中学担任政治教师，与姐姐成为同事。

那一段时间，赵艳菊可神气了，带着弟弟到处走到处看，让他熟悉工作和生活环境，遇到熟人便一一介绍，收获了不少赞誉和祝福。

经过3年磨炼，赵艳菊的工作早已干得风生水起。作为姐姐，除了在生活方面给予赵国宝关心和爱护，在教学上也总帮弟弟出点子。赵国宝不仅努力，而且很有灵性，比姐姐当年适应得还要迅速，不久就进入了状态。

几乎没有任何缓冲，赵国宝报到一周后便接受了教学任务，成为初二4个班和初一3个班的政治教师，同时还兼任初二1个班的班主任。

任务繁重，压力巨大。

为了把课上好，他购买了大量相关书籍，每天晚上雷打不动地到办公室备课，一坐就是两三个小时，最早来最晚走。他办公室窗口的灯，犹如校园的眼睛。

功夫不负有心人。因为他准备的课程内容丰富，又对教案进行了精心设计，所以相对枯燥的政治课被他讲得深入浅出、生动形象，颇受学生们欢迎。

工作第一年，赵国宝便取得了开门红：年终考核成绩名列全年级第二。

作为新教师，这个成绩十分亮眼。

同事们纷纷过来取经，赵国宝知无不言，言无不尽。

他说："其实，任何一门学科，乃至任何一堂课，都有难度，都有密码，都是一个小宇宙。只是很多人不知道、不揣摩，所以，许多密径就没有打通。"

原来刚担任班主任时，他感觉班里调皮学生太多，管理起来不是很顺手。

怎么办呢？

深思熟虑之后，他充分利用课余时间，把班里的学生一个个找来谈话，通过交流，了解每个学生的性格和思想动态，便掌握了整个班级的情况。知道哪个学生经常爱搞恶作剧、哪个学生在班里威信高、哪个学生是文体活动骨干……

为了营造良好的班风，发挥学生特长，他根据学生的实际情况成立了班委会，协助班主任管理班级。

很快，之前混乱的班风得到扭转，全班学习劲头儿明显上升。

在课堂上，赵国宝与学生们是师生关系，课下则是无话不谈的好朋友。在学生们私下的谈笑中，都称呼他"宝哥"。

是的，他喜欢学生，喜欢新疆，喜欢沙漠的苍茫，更喜欢戈壁的朝阳。

每当面对冉冉升起的红日，赵国宝都觉得浑身充满力量。他的心在和太阳对话，他默默地告诉太阳，青春其实可以用光明和温暖来诠释，虽然自己不够强大，但依然可以毫无保留地献出所有的能量。

不久，赵国宝与一位出生在新疆的四川姑娘喜结连理。

人间最伟大的，莫过于父母之爱。父母全力支撑我们寻找更好的未来，去看尽外面世界的繁华。父母的世界很小，小到只装得下我们；我们的世界很大，大到经常忽略他们。

赵艳菊和赵国宝在新疆教书的日子里，时时牵挂着父母。3个儿女没有一个陪伴在身边，万一老人病了怎么办？

2008年11月，母亲突患严重疾病，中医西医都看了，依然没有好转。姐弟俩得知这一消息时，母亲已经发病1个多月了，因为父母怕影响儿女工作，一直瞒着他们。

如果请假回去，就会耽误学生；不回去，又挂念母亲。

万里之外，姐弟俩一筹莫展。

这时候，父亲打来电话，坚决不同意他俩请假回去。

"你身边没人帮忙，妈怎么办呢？"

"你俩不用管，我已经和一个亲戚商量好了，准备带你妈到北京的大医院就医。"

挂掉电话，姐弟俩抱头痛哭。

当年寒假，赵艳菊和赵国宝一起回家探亲。看着父母两鬓白发、脸上道道皱纹，不禁鼻子一酸，双双落泪。

父亲明白他们的心情，笑道："傻孩子，都过去的事儿了，哭什么！"

假期即将结束的时候，父亲突然对他们说："我和你妈一年比一年老了，为了不让你俩担心，我们决定今年把老家的房子卖了，跟你们一起去新疆生活。"

姐弟俩一听，瞬间呆住了。

几年来，他们曾试着提出过这样的建议，二老根本不予理会。父亲更是明言叶落归根，人老恋家，怎么能离开生活了一辈子的故土呢？

没想到，他这次竟然主动提出，不知内心经历了多少挣扎。

"爸，妈，这哪行啊，我俩怎么能让你们卖掉房子去新疆呢？实在不行，我们想办法调回来吧……"

"别担心我们，我和你妈想开了，只要我们在一起，走到哪里都是家，哪里的黄土都埋人。再说新疆也挺好的，只要你们能安心工作就行。"

年后，那几间父母住了大半辈子的大瓦房，更名改姓了。

2009年5月，两位老人深情地望了一眼祖宅，抛下积攒了多少年的箱箱柜柜、瓶瓶罐罐，背起行囊，踏上了前往新疆的火车。

花甲之年，生活转向，几多离愁，几多不舍！

那年春节，赵艳荣的大弟弟也从广西专程赶到且末，一家人在新疆团圆了。

除夕，鞭炮震天响，笑声特别多，饭菜格外香。

母亲的病一直没有痊愈，也没查出具体原因，但说来奇怪，到

赵艳菊赵国宝家庭获评全国"最美家庭"

新疆后，竟然一次都没有发作过。

姐弟俩开玩笑说："这病分明是想我们想的啊！"

此话一出，引来阵阵笑声。

父母都是闲不住的人，挂在嘴边的话是："你们尽管去忙吧，不用操心家里和孩子。"

偶尔谈及故乡，两位老人仍然会唏嘘感叹。

有人问："还想回去吗？"

"当然，那毕竟是生活了几十年的地方，但我们更愿意跟着孩子们，看他们建设且末的未来。"

是的，姐弟俩是且末的现在。

且末的现在，正在构筑着且末的未来！

1931年夏，保定二师党团组织及"反帝大同盟""左联""社联""革命互济会"等进步团体迅速发展。1932年初，中共党员、共青团员及进步团体的成员超过全校学生总数的80%。

1932年2月，为营救因宣传抗日救国被捕的学生，二师举行了罢课和游行示威。

1932年4月，省教育厅查封了二师。5月，宣布该校提前放假。接着登报开除学生50多名，勒令休学30多名。

当局的镇压，激起了二师抗日救国护校斗争。

1932年6月，根据中共河北省委指示，二师党组织通知回家的同学返校，开展护校斗争。

6月20日，反动当局调动500多名军警对二师实行武装包围。二师学生毫不畏惧，用大刀、红缨枪、木棒做武器，沿学校围墙站岗放哨，与军警对峙。

7月6日凌晨3点30分，反动军警发起了对二师的武装进攻，从北面、西面扒开围墙，机枪、步枪一齐向校内开火。学生们冒着敌人的枪弹，拼死搏斗突围，8人当场牺牲，多人重伤，38人被捕……

这就是保定二师"七六"护校斗争。

正是这段悲壮的历史，为该校留下了特殊的红色基因！

第十一章

四人行

不是不想念家乡，而是发展中的西藏，吸引力越来越大。

西藏，我们的第二故乡。

我们，热爱我们的西藏！

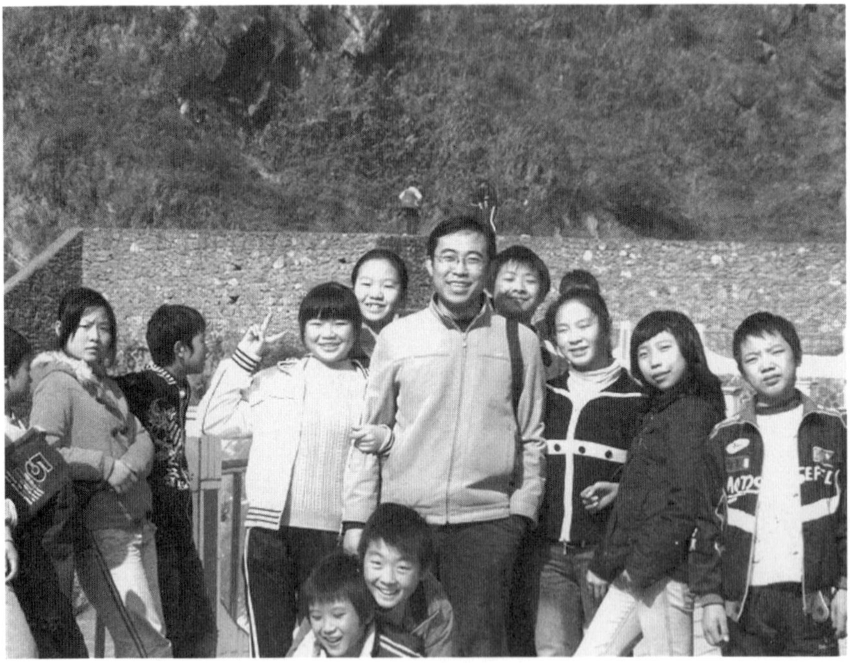

岳刚，男，1979年11月生，保定市易县人。闫俊良，男，1979年2月生，保定市定兴县人。二人2002年毕业于保定学院中文系，现为西藏南木林县一中教师。

徐建旺，男，1977年5月生，保定市涞源县人。2002年毕业于保定学院数学系。王俊娟，女，1979年9月生，保定市清苑区人。2002年毕业于保定学院中文系。二人现均为西藏南木林县一中教师。

回到拉萨
回到了布达拉
回到拉萨
回到了布达拉宫
在雅鲁藏布江把我的心洗清
在雪山之巅把我的魂唤醒
爬过了唐古拉山遇见了雪莲花
牵着我的手儿我们回到了她的家
…………

2002年7月21日，伴随着耳机里悠扬的旋律，航班顺利在拉萨贡嘎机场降落。

而飞机上的4位年轻人，却感觉很不"顺利"。他们是保定学院中文系毕业生岳刚、闫俊良、王俊娟和数学系毕业生徐建旺。

走下飞机，4个人的身体出现了相同的反应：头晕、心慌、脸煞白、恶心想吐，继而头疼欲裂，双腿像灌了铅一样沉重，胸口上似乎压了一块大石头，喘不过气来。

7月30日，他们被分配到南木林县第一中学任教。

南木林县，隶属西藏自治区日喀则市，位于雅鲁藏布江北岸。

南木林，藏语意为"全胜之地"。但他们到来后，却没有一丝胜利的喜悦，完全被这里的荒凉震撼了。

湘河蜿蜒着从县城中间穿过，将其分为南北两部分。一条水泥路又把县城连在一起，与湘河呈十字交叉状。放眼望去，道路两旁全是一层或两层的藏式房屋，房屋外侧就是田野与高山。

说实话，这山间的县城啊，比家乡的村庄还要简陋、局促。

学校没有宿舍，河对岸北面有一个废弃的车队院子。那里，就成了接纳他们的家。

院子里，杂草足有1米高。草丛里卧着七八条流浪狗，个个虎视眈眈地吐着血红的舌头。每间房屋，有五六平方米，蜘蛛网纵横交错……

在学校同事们的协助下，大家一起动手。

地面杂物清除了，床铺、炊具摆放整齐了，宿舍里有了人气，有了笑声。

海拔太高，高压锅是必备的炊具。他们都来自平原农村家庭，不曾使用过。

第一次下厨，大家非常紧张：会不会爆炸？会不会烫伤？

锅里的水沸腾了，但谁也不敢去下面条。

此时，稍稍年长的徐建旺挺身而出："让我来，你们都退后！"说着，硬着头皮凑到锅前，瞄准锅口，飞快地将面条抛进去，仿佛春节时点爆竹。

什么危险也没有发生，只是水迅速外溢了。这才恍然想起，要盖锅盖加压。

手忙脚乱地盖好后，几个人目不转睛地盯着高压锅，心里怦怦直跳：阀门已经弹起来了，开始加压了，开始喷气了。

高压锅憋足了劲儿，嗷嗷直叫，像一枚点燃引信的炸弹。

几个人捂着头，躲得远远的。不知谁大喊一声："赶紧关火！赶紧关火！"

过了一会儿，几个人小心翼翼地凑过去，排气、开盖。好家伙，水和面还在沸腾，只是面条早已成为一锅粥。

4个人，面面相觑，沉默无言。

恐惧和忧郁，像一个沉重的铅球，在4个人之间来回地滚动着……

2002年，内地已进入信息化时代，可南木林呢，却没有网络、手机、煤气灶，甚至没有自来水。

住处临近湘河。轮流打水，便成为生活中的日常。

起初，双手提水。后来，想到日子长远，不能得过且过，就想买一根扁担挑水，但跑遍整个县城，都是空手而归。

徐建旺一咬牙，找一根结实的木头，自己加工。整整耗时一天，才完成了平生第一件木工作品。

　　这根扁担，看上去并不美观，却非常实用，为他们的生活立下了汗马功劳。

　　夏天还好些，冬天挑水就困难了。

　　气温常常达零下15℃，湘河里冰层厚实。举起石头，猛劲儿砸一下，只是一抹印痕，仿佛京剧脸谱的白鼻子。

闫俊良和学生们一起过林卡节

南木林县一中与住处隔河相望。尽管直线距离不远，但每天都要走过铁索桥。

铁索桥已有600多年历史。桥面摇摇晃晃，桥下水流湍急。

第一次过桥，大家极为紧张：双手死死地抓紧铁索，战战兢兢，如履薄冰。短短50多米，足足走了20分钟。

后来，闫俊良摸索出了一个小窍门，过桥时眼睛望向对岸，不要看脚下流淌的河水。他把这个宝贵经验传授给另外3个人后，的确灵验。渐渐地，大家都适应了。

中文系毕业的闫俊良，经常站在桥边，抚摸着锁链上的那些粗大铁环，猜想着它们经历了怎样的煅烧与锤打，并留下了不少诗句：

你是每天的必经之路
更是我的摇篮
五十几米
往返一次就是一条百米跑道
为了梦想
我要冲刺了
…………

初上讲台，每个人都带两个班。

闫俊良教初二（5）班和（6）班语文。为了尽快熟悉学生的学习和生活情况，他经常到学生宿舍，与孩子们聊天儿、交朋友。

一年后，他担任了初一（18）班班主任。早上，陪他们跑步，锻炼身体；上午、下午除了上课，就是督促完成作业，让他们做好当天总结，养成良好习惯；晚上，到宿舍检查就寝情况，直到夜深。

扎西平措是一个出奇的捣蛋鬼，不是欺负女同学，就是在班里到处溜达。

闫俊良找他谈话，他每次都保证不会再犯，可是坚持不了多久，依然我行我素。

有一天晚上熄灯后，班长多吉南加急匆匆地跑到闫俊良的宿舍。原来，扎西平措和小其美南加在宿舍里发生口角，争吵中，扎西平措捡起一块石头向对方腿上打去，小其美南加一声惨叫，倒在地板上，嗷嗷痛哭。

闫俊良闻讯，火速跑过去。

小其美南加已被同学们抬到了床上，脚踝红肿，脸色苍白，大汗淋漓。

闫俊良立刻用冷水为小其美南加冷敷了一会儿，又跑回宿舍，拿来绷带，包扎伤口。

扎西平措吓坏了，默不作声，一会儿给小其美南加擦汗，一会儿给他盖被子。

闫俊良把扎西平措叫到一旁，了解来龙去脉之后，对他严厉批评。

扎西平措主动表示，愿意照顾小其美南加这些天的饮食起居。

处理完打架事件，已是凌晨1点多。

第二天一早，闫俊良带小其美南加到医院检查和诊疗。为了不破坏同学之间的友情，当校长问起事情的原委时，他撒了一个善意的谎，说是学生不小心自己扭伤了脚。

经过扎西平措半个多月的精心照顾，小其美南加痊愈了。两人冰释前嫌，和好如初。

几天后，扎西平措给闫俊良献上了一条洁白的哈达，还递上了一封保证信，发誓绝不再犯。

扎西平措，终于进步了。

顿珠加布和曼拉普琼来自茶尔乡森当村，家庭特别困难，衣着破旧，学习用品都不齐全。

周末，闫俊良带他俩去日喀则市购买衣服、书包等生活和学习用品，两个孩子感动得热泪盈眶。

两个孩子是第一次到日喀则，表情拘谨，眼神羞涩，起初还与闫俊良有些距离感，慢慢地就把他当成了大哥哥，好奇地问这问那，目光也渐渐明亮起来，闪烁着快乐的光芒。

此后，闫俊良一直从各方面帮助顿珠加布和曼拉普琼。他们也十分争气，后来都顺利考上了高中。

2005年8月，南木林县二中建成使用，教育局领导准备把闫俊良和另一名同事调到二中，筹建教务处。

可是，他怎么也舍不得离开朝夕相处了两年的孩子们。

当他终于说出要调走的消息时，学生们先是一愣，随后哭声一片。

闫俊良哽咽着说："不要难过，你们将来还要到更远的地方去读书，老师虽然调到了二中，但还在南木林……"

8月24日，星期三。那天上午，他给一中的学生上了最后一节语文课。

课堂，出奇地安静。闫俊良讲得很投入，谁也没提及他马上就要离开的事，但彼此都心照不宣。

最后时刻，他转过身，在黑板上写下了16个字：

面对分别需要勇气

追寻梦想需要毅力

中午，学生们都跑到他宿舍，帮助收拾东西。

当他准备叫车运送行李时，大家异口同声地说："老师，不用雇车了，我们就能行！"

于是，女生负责整理，男生负责搬运。大家顶着烈日，将三轮车推向4里外的二中。来来回回，竟然搬了5趟。

…………

格桑央吉，是岳刚执教后的第一届学生。

这个女生个子不高，总是坐在后排，上课时低头不语，看起来颇为内向。

岳刚与她交流，问一句答一句，不愿意多说半个字。

初三刚开学，没想到她主动找到办公室，对岳刚说："老师，我不想去职校，您能不能帮帮我，让我留在普通学校？"

声音虽小，但语气坚定。

岳刚点点头，鼓励她坚持自己的选择，但若想升入高中，必须改变自己，提高成绩。

此后，格桑央吉在课堂上积极发言，课后经常躲在僻静的地方看书。

岳刚见状，就配了一把办公室的钥匙，让她进屋学习。

在岳刚的鼓励下，格桑央吉像一株小小的含羞草，暗暗地舒展着自己。渐渐地，她的脸上有了笑容，声音也洪亮了。午间或上体育课时，她开始和同学们一起说笑、唱歌、玩闹……

接着，岳刚又清理出一间储藏室，摆放两套桌椅，让她和另一名学生次仁央吉转移到那里，方便晚自习后和节假日继续学习。

灯光下，她们静静地做作业。一个个汉字、一列列算式、一排排字母，像一簇簇敏感的碎铁屑，紧紧地吸附在记忆的磁铁上；又像一群群嗡嗡起舞的小蜜蜂，悄悄地在思维的蜂箱里筑巢……

坚持了半年多，她俩的成绩突飞猛进，顺利升入高中。

离校那天，格桑央吉从家里带来了满满一书包土豆，托达桑老师转交给岳刚。

从2003年开始，南木林县在基础教育上下大力气，学生到位率激增。

他们刚来时，学校只有16个班，第二年就增加到20个班。2004年秋季开学，达到5000多名学生，仅初一年级就有30个班。

学校规模成倍增长，条件却没有同步跟上，有些学生甚至没有教室、没有宿舍。为了暂时解决这些问题，学校只好在操场上搭建五六座塑料大棚。

人手不够，岳刚等几个老师挺身而出。先在地上挖坑，固定好6个支架，然后爬上去搭木条、盖塑料布。干得多了，技术越来越熟练，手起锤落，很快就能把木条钉好。如果不说教师身份，外人还以为这是一群标准的建筑工人呢。

课间，岳刚和学生们开心地说笑、游戏

　　那段时间，岳刚他们经常会在课前带着扳手走向操场，抬起零散的床架，给学生们安装床铺：先是把床铺架子在地上摆好，从侧面开始上螺丝；然后把床铺翻过来，一人抬着一扇床架继续上螺丝；最后再进行加固。一张上下铺架子床，就这样完成了。

　　上课时间到了，立即放下工具，拿起课本和教案，走进教室。

　　有的教室就设在塑料大棚里，太阳一晒，像是蒸笼。尽管留有几个窗口，依然无法缓解闷热。相比大棚，其实真正的教室也好不到哪里去，可以说非常简陋：一块支起的木板就是讲桌，学生们一排排坐在木条上，写字时用膝盖托住本子。

2005年秋季开学，宿舍还没有建好，新生就大批报到。

县里决定，安排学生住进检察院和宣传部的办公楼。为了确保学生往返路途上的安全，学校派岳刚和学生们一起住宿。

每天晚自习之后，他和另外一位老师组织学生排队前往住处。为了方便照顾学生们，他住在学生宿舍中间的那个房间。第二天早晨，再带领队伍，返回学校上课。

条件确实艰苦，却也蕴含着甜蜜与感动。

2012年夏天，一场地震波及南木林，瞬间天旋地转，教学楼猛烈摇晃起来。那时，岳刚正在上课，从未经历过如此场景的他，赶紧大喊着组织学生往外转移。慌乱中，一位学生径直冲过来，抓住他的手："老师，跟我们一起跑啊！"

多少年后，他还记得那一只小手，那一只在生死关头伸过来的小手。

而他，唯有努力教学，以爱传爱。

十几年过去了，南木林县发生了巨大的变化，学生们早已拥有了新的教学楼和宿舍楼，湘河上也建起了宽阔的水泥大桥。

闲暇时，岳刚还是喜欢到那座铁索桥边和住过的院落里走一走、看一看、想一想……

再过10年、20年，会是什么样子呢？

明天，会更好！

4人中，徐建旺年龄最大，长得最瘦小。

或许正是瘦小的缘故，他因祸得福，刚来西藏时高原反应相对较轻，一会儿给这个递一瓶矿泉水，一会儿跟那个说几句暖心话，树立了完美大哥形象。

不久，更是赢得了王俊娟的芳心。

谈恋爱时，没有别的地方可去，只是沿着湘河随意走。走累了，躺在青青的草地上，望着蓝蓝的天空，听着潺潺的流水，感觉人生如此，夫复何求。

夏天到了，溪水哗哗，小河弯弯，造就了一处处湿地。绒蒿青青，杜鹃灼灼，野鸭姗姗，蜻蜓翩翩。忽然一阵风吹草动，斑鸠纷纷惊飞，栖落树梢，与枝杈上密密麻麻的鸟巢形成鲜明对比。黑黑白白，静静动动，宛若一曲凝滞的轻音乐，恰似一幅流动的水墨画。

哦，最淳朴的乡村，最立体的乡愁！

2003年暑假，他和她决定回老家看看。

那时候，西藏还没有通火车，两人又舍不得坐飞机，只能乘汽车走青藏公路。

长途跋涉加上晕车，王俊娟走一路吐一路，因为吃不下东西，差点儿脱水。即便如此，经过唐古拉山时，她还是硬撑着走下车，让徐建旺在界碑处为自己拍了一张照片，并挤出一丝笑容道："有多少人这辈子能走到这么高的地方呢？让他们羡慕吧！"

一路上，两人共转了5次车，马不停蹄地走了整整6天，才回到保定。

出发时，南木林县气温不足20℃，他们穿的是牛仔裤和长袖毛衣。到达保定时，立刻傻眼：35℃高温，火辣辣大太阳。

衣服，转眼湿透！

一时间，他俩成了众人眼中的怪物。但是，仅仅尴尬了两秒钟，两人相视一笑，便挽起裤腿、撸起袖子，大摇大摆地走出车站，直奔最近的一条小吃街。

两份大刀凉皮，4个驴肉火烧，直吃得嘴角流油，快哉快哉！

老板看着他们奇怪的装束和狼吞虎咽的样子，疑惑地问："你们从哪里来啊？"

徐建旺说："我们是去西藏教书的老师。一年多没回来，太想家了！"

到家后，见过双方父母，很快举办婚礼。

返回学校，徐建旺和王俊娟的小家，就成了4个人的聚会地点。

有一次酒后，"诗人"闫俊良对岳刚、徐建旺说："在西藏，咱们就是高原三剑客。"

正在厨房忙活的王俊娟不乐意了，马上放下炊具，抗议道："怎

志同道合的王俊娟和徐建旺组成了幸福的家庭

么能漏了我呢？你们今天别吃饭了！准确地说，咱们应该是'四人行'。"

"哈哈哈哈……"

2005年，王俊娟怀孕，回老家待产。

孩子出生时，学校正在做普及九年义务教育的准备工作，太多太多资料亟待整理，徐建旺根本没有时间赶回去。

手术室里，王俊娟颤抖着手，为自己的手术签字。

孩子出生后，被诊断为肠胃先天发育不全，又是她一个人，跑遍各大医院，默默地承担着一切。

直到女儿一岁半，徐建旺才回到老家。万万没想到，牙牙学语的女儿见到他，竟然开口叫了一声"舅舅"。

那一刻，泪流满面。

考虑到孩子的身体状况和西藏的自然条件，夫妻二人将孩子留在老家，交给王俊娟父母照看。

产后的王俊娟，由于身体虚弱，患上了严重的紫外线过敏症，每次走进阳光里，都要把身体包裹得严严实实，仿佛是一个装在套子里的人。

但在工作上，她从不退缩。最多的时候，同时教6个班，每节课内容挨个儿讲下来，几乎都能倒背如流了。

课下，有学生问："王老师，您的记忆力怎么那么好啊，有什么诀窍吗？"

王俊娟笑道："你可以像老师一样，把你周围的同学当作学生，讲讲对这节课的理解，就会记得很快。"

没想到，这个建议非常有效，学生们纷纷效仿，都非常乐意做"小老师"。

受此启发，王俊娟进行了一项教学方式改革：每周从课本中选一段内容，让学生来讲。自己呢，则坐在下面认真聆听，必要时再给予补充。

春雨润青，夏日泼墨，秋草摇黄，冬雪飞白。岁月如歌，他们共同享受着师生情谊的芬芳……

藏族，是一个能歌善舞的民族，只要有音乐，学生们就能快乐地唱起来、跳起来。

有一次参加毕业联欢会，学生们跳起了锅庄舞。王俊娟本来站在旁边观看，不由分说就被拉进了舞蹈队伍中。虽然她尽量模仿舞者的动作，但依然感觉自己笨拙，笨拙得像一只企鹅。

笨拙就笨拙吧，只要情是真的、血是热的。

铃声起起落落，在校园里悠悠回荡。

生活，以迟缓的节奏，悄悄地前行着。

又是几度春秋。不知不觉间，王俊娟皮肤黑了不少，脸上也有了高原红。默默地，她已经适应了西藏同胞的习惯，拥有了西藏同胞的模样。

…………

这些年，且末县交通状况早已发生了根本改变。

保定学院毕业生到来之后，县城内外道路一直在快速提升和疏通中。截至目前，全县13个乡镇、54个行政村，公路通畅率 100%。

2016 年 12 月 19 日，且末玉都机场正式通航。从且末到库尔勒，飞行只需 1 小时左右，每天都有航班。

2022 年 6 月 16 日，和田至若羌的 5818 次客运列车，经停且末站，从此结束了且末县没有铁路的历史。这也标志着新疆铁路网进一步完善，形成了世界首个沙漠铁路环线。

2022 年 6 月 30 日，尉犁至且末的沙漠公路正式通车。这是继塔里木沙漠公路、阿和沙漠公路之后第三条穿越"死亡之海"的沙漠公路。这条公路，使且末到库尔勒的路程缩短 350 公里。两地车程，由过去的两三天变为 6 小时。

第十二章

我爱高原

红柳能在这里扎根,我也能。

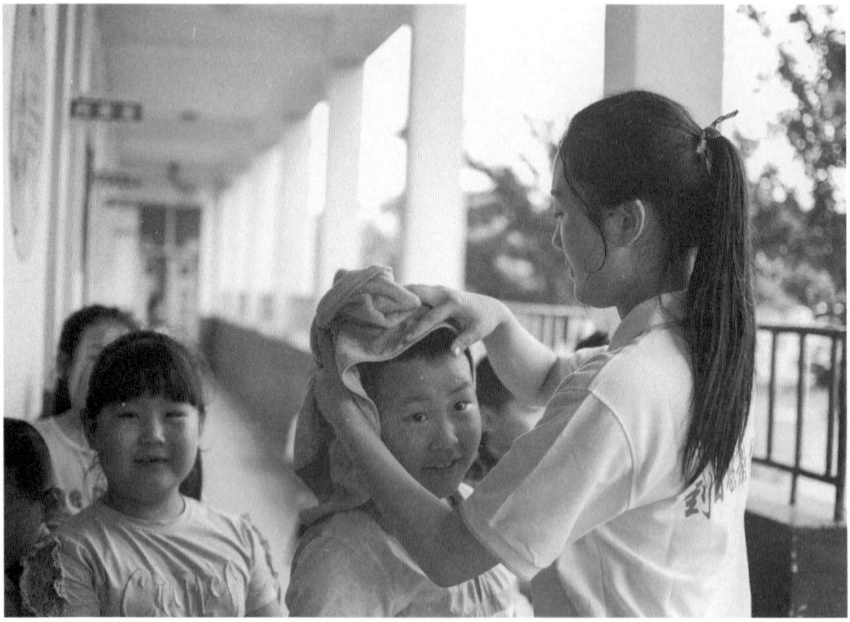

刘齐，男，1992年3月生，河北省献县人。2018年毕业于保定学院物理系，随即赴西藏当志愿者。现为林芝市察隅县古拉乡寺管会科员。2022年被该县授予优秀驻寺干部荣誉称号。

2018年，刘齐从保定学院物理系毕业后，报名参加了"西部计划"，选择到西藏阿里，当了一名志愿者。

阿里，是喜马拉雅山脉、冈底斯山脉和喀喇昆仑山脉共同擎举的高原，被称为西藏的西藏、世界屋脊的屋脊。

湛蓝的天、洁白的云、高耸的山、平静的湖，西藏确实很美，但严酷的高寒缺氧环境，也无情地考验着他初生牛犊不怕虎的青春傲骄。

初到西藏，刘齐和几个新来的伙伴约定攀爬附近的那座山。

没想到爬上一座山头，还有更高的山头。到底是年轻人血气方刚，相互鼓劲儿，不达巅峰誓不罢休。

爬着爬着，山上开始下雨，风也凌厉起来。继续向前。傍晚时分，终于爬到了插着经幡旗、堆着玛尼堆的最高点。

此时，天色昏暗，雨仍然淅淅沥沥地下。体力消耗殆尽，身上又冷又饿，几个年轻人这才感到恐慌。

上山容易下山难。天气如此恶劣，几乎寸步难行。大家沿着溜溜滑滑的山路，手脚并用，趔趔趄趄，蹲下、摸索、伸腿、试探、滑倒……

很快，刘齐被分配到当地政府部门。

紧张而忙碌的工作，开始了。

在平时的生活与工作中，群众会遇到各种各样的问题，迫切需要一个平台，而这就是刘齐的日常业务——为阿里老百姓提供一个可倾诉、可解难题、可提意见的渠道。

刘齐积极与网民沟通对接，第一时间将诉求反映给相关部门进行处理。针对处理结果，他会通过电话沟通、实地走访来核实情况，确保能够落实到位。

一天，刘齐收到一条网民的留言称，他们几个人在某项目做工，工资至今没有结算完毕。

他立刻将留言转交给属地。经查询，反映问题属实。

经过刘齐的介入和沟通，公司负责人答应尽快支付。

该网民和工友们是否如愿拿到了工资？这个问题一直萦绕在刘齐的心头。到了约定时间，他与这名网民联系，了解到并未执行。

刘齐随即再次联系相关单位，最终督促该公司支付了拖欠工资6.4万元。

一个个平静的日子，如同清澈见底的狮泉河水，静静地流淌着。

当一年的志愿期期满后，所有的新鲜劲儿都过去了，伙伴们纷纷回到了内地。

他给母亲打电话，征询去留意见。

母亲说:"你喜欢西藏吗?"

"喜欢,但有些担心你们。"

"不要挂念我和你爸,我们还算年轻,再说你姐姐也经常回家。你抽空多准备准备,报考公务员吧。"

是啊,与其在是否离开的迷惘中苦苦思索,何不继续留下来,在这里放飞梦想!

心动之后,立即行动。

2019年8月,他又续签了一年志愿服务,并决定在此期间积极备考公务员。

然而,与只当志愿者相比,备考更加辛劳,上班和复习,哪方面都不能耽误。

在繁忙的工作中,必须时刻紧绷"万无一失"与"一失万无"这两根弦。刘齐只能在工作间隙零敲碎打地备战考试。

夜半时分,孤灯苦读。望着窗外连绵的雨丝,感觉潮湿的心田长满了密密麻麻的苔藓。

2020年6月,刘齐在拉萨参加笔试,7月到林芝面试。从阿里到拉萨,25个小时;从拉萨到林芝,又是5个小时……

幸运的是,他考上了林芝市察隅县古拉乡的政府编制。

察隅,藏语意为"人居住地",地处中印边境。全县没有机场,没有铁路,是中国最为偏远的县城之一。

在县委组织部培训了一天,翌日,刘齐便搭乘村民的皮卡去古拉乡。翻雪山,过土路,132公里,走了整整5个小时。

村民告诉他,这是最快速度了。以前骑马,需要四五天。

乡政府周围空空荡荡，只有1个小商铺。因为很少有人光顾，售卖的饮食不少已经过期。办公室共5个人，4个是当地女性，只有刘齐是汉族，且来自内地。

刘齐本想先安顿下来，过几天再去县城采购一些物资。

谁知，去一趟县城，竟然也是奢望。古拉乡地处深山，夏天雨水封路，冬天冰雪封路，一年之内约有一半时间与外界隔绝。

有一次，水电厂机器出了问题，需要更换一个配件。察隅县没有，林芝市也没有，必须从1000多公里外的拉萨发货，结果导致停电半个月。

"苦在察隅"是西藏人的口头禅。六月飞雪，七月冰雹，风吹石头跑，四季穿棉袄，氧气吃不饱。这些绝非笑谈。

在那一段寂寞的日子里，他和同事一起，在附近山坡上种下了上百棵红柳。

刘齐想：红柳能在这里扎根，我也能。

2021年3月，同事调回县城工作，刘齐替代他到古拉乡沙美村担任驻村干部。

村里连一个小卖部也没有。他只好准备了一些米面粮油，自己劈柴取暖、生火做饭。

走访村民时，刘齐常常携带"四件宝"：便民卡、一把零钱、一支笔和几张白纸。

为什么这样呢？

前三个易于理解：每次入户，首先递上一张写有电话号码的便民卡，方便随时联系；如果遇到临时窘迫的村民，就送上几十元钱，救救急；一支笔呢，为了记录。唯有几张白纸，让人费解。

有人会问："带一个笔记本，不是更方便吗？"

他说："这你就不懂了吧？那样虽然自己方便，但老百姓不习惯。你当面掏出笔记本，郑重其事，他们本想说的心里话，也会咽回去。"

所以，他只是随身携带几张白纸。交谈时，随手记要点，回到宿舍，再认真回忆，补写到笔记本上。

不到一周，各家的情况和困难，他都熟悉了。

帮助村里的农户尽快致富，首先，要符合政策规定；其次，要有实招儿真正能帮到老百姓。

认真工作中的刘齐

经过调查研究和深思熟虑，他协助村干部，成立了村集体养殖合作社。

以前，群众出售牛羊，各有各的销路，而听说有的村的合作社要到年底才能拿到钱，因此群众加入合作社的积极性不高。

面对这种情况，他和村干部们没有气馁，而是发挥党员先锋模范作用，带头干活儿。山上坡下、田间地头、房前屋后，到处留下了他们的脚印。

通过自繁自销、短期育肥、畜产品加工等手段，出售肉、奶、毛、皮、酥油等畜产品，生意日渐红火。

随着村办集体经济不断壮大，利润越来越高。群众思想改变了，越来越多的人加入了合作社。

有了经费，再加上外界支援的资金，就可以为村里办实事了。

过去的山，虽是青山，却是苦山、穷山。现在，经过共同努力，大山接通了水、电、路、网，包括地下管网，逐渐有了神经、有了生命、有了灵性。

沉睡的小村，终于睁开了毛茸茸的大眼睛，看到了山外的世界……

不久，又一位同事要调回内地。刘齐再一次主动站出来，替代他到古拉乡通庆寺当了驻寺干部。

与驻村不同的是，通庆寺离乡政府比较近，走路约10分钟便可到达。于是，他白天进寺工作，傍晚回乡政府，从来不给寺庙增添任何麻烦。

僧人阿穷患有足疾，行走困难。随着时间推移，病情逐渐恶化。

刘齐帮忙联系了援藏医生。本来已经约定了手术时间，谁知阿穷家里只有一个弟弟，根本不能前来照顾。

怎么办？好不容易盼来的机会，如果取消，着实可惜。

别无选择，刘齐只能充当阿穷的家人了。他开车把阿穷送到察隅县县城，买来一堆必备的生活用品，又和医院联系床位、办理手续，而后陪床照顾，直到阿穷康复出院……

寺庙附近有一户人家，家里有两个女儿，卓玛和央宗。

刘齐从这家门口经过，常常看见姐妹俩趴在凳子上写作业。见面次数多了，也就相互熟悉起来。

有时候，刘齐会停下看看她们的课本，帮姐姐卓玛演算几道难题，教妹妹央宗说几句普通话，也顺便向姐妹俩请教一些藏语词语。

一天，刘齐得知央宗要过生日了，便问："你有没有什么想要的东西？"

央宗呼扇着长长的睫毛，眼珠骨碌碌转来转去，似乎不好意思说。

姐姐卓玛替她回答："我们最爱的就是滑板车，只是太贵了，妈妈舍不得买……"

刘齐回去后，掐算时间，从网上订购了一辆滑板车，赶在央宗生日之前，送给了她。

看着这个藏族小女孩儿开心的笑脸，刘齐似乎看到了高原上最美的格桑花。

的确，再没有比笑脸更美的花朵了。

6年过去了，刘齐逐渐习惯高原生活。回到平原，会醉氧，反倒有些不适应了。

2024年春节期间，我在石家庄采访刘齐的时候，他刚刚完婚，妻子也是一名"西部计划"志愿者。虽然两人同在西藏，相距却足足1000公里。

看着他们洋溢着幸福的笑脸，我问他们是否想过调回内地，回到父母身边。

刘齐坦诚地说："想过，但没有认真想过。"

妻子俏皮地说："我们倒是正在认真地想，在西藏的什么地方买房。"

看来，他，不，是他们，已经真正喜欢上了这神圣的高原！

且末县城面积从过去的2平方公里左右，已经扩大到现在的约14平方公里，成为一座真正意义上的绿洲，一座现代化的小城。

小城里矗立着一座座各式各样的高楼大厦，在阳光下熠熠生辉；一条条宽阔平坦的柏油路，通向一个个小区、机关和公共场所；一处处公园和健身广场上，飘荡着七彩的音乐，舞动着欢乐的人群……

最典型的是玉泉河公园。

玉泉河，就是那个位于县城中部的车尔臣河老河道，就是那个臭气熏天的污水沟。近几年来，政府投入巨资，将这里打造成了集观光、游览、休闲功能于一体的绿色长廊和天然氧吧，成为且末县城最亮丽的景点。

那一湾亮晶晶的河水，倒映着红花绿树、蓝天白云，仿佛大地的眼睛，静静地看着天空。时光老人，仿佛放慢了前行的脚步，倚在河畔的栏杆上，慈祥地微笑。

更让人欣喜的是，近几年，生态环境改善之后，雨水也多了，每年都要下几场，偶尔还会有一场暴雨。

唯一略带遗憾的还是浮尘。虽然天数大大减少，却依然存在。

那一天采访时，我们又谈到了这个问题。

辛忠起说："我们且末的浮尘，都是沙漠的精华，都是生态土、有机土、绿色土，还有营养呢。"

杨广兴说："面包土！"

"哈哈哈哈……"

第十三章

到西部去

到西部去，已经成为时代的风尚！

新时代，新风尚，新出发！

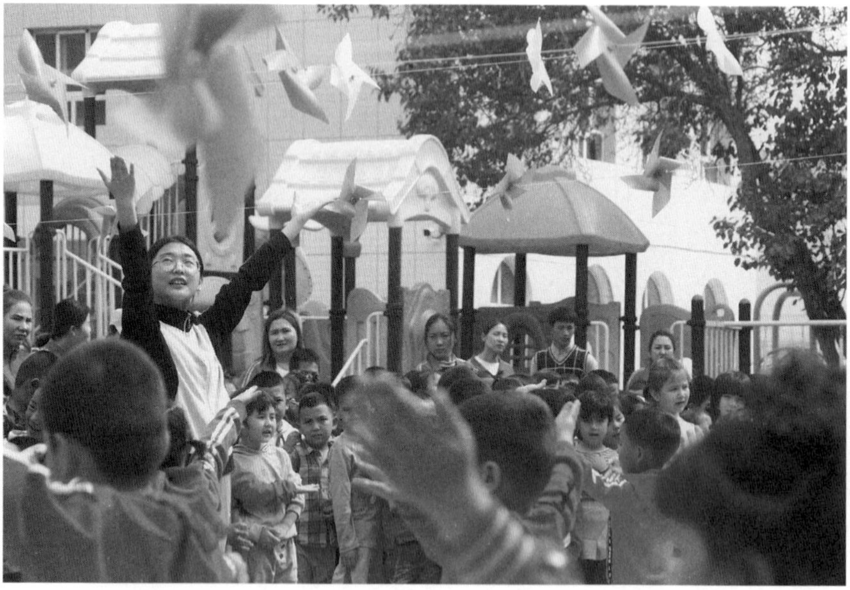

近年来，随着且末县生态环境的改善，野生动植物种群数量不断增多。

2021年1月，车尔臣河附近首次发现大量灰鹤。

灰鹤是大型涉禽，羽毛大都呈灰色，头顶裸出皮肤鲜红色，眼后至颈侧有一灰白色纵带，脚黑色，栖息于开阔平原、草地、沼泽、河滩、旷野、湖泊以及农田地带。每年3月中下旬开始向繁殖地迁徙，9月末10月初迁往越冬地。

这一群小城的新客，一般在夜间落脚于车尔臣河河边，天亮后结队迁飞，到玉米地、小麦地和杂林地带觅食。

不仅有灰鹤，还有鹅喉羚。

2023年冬天，在且末县城周边的戈壁滩上，竟然出现了成群的鹅喉羚。它们以家族为单位聚集在一起，时而低头觅食，时而相互追逐，憨态可掬，惹人怜爱。

鹅喉羚俗名长尾黄羊，是国家二级保护动物，因雄羚在发情期喉部肥大，状如鹅喉，故得名。

李桂枝说："我们会好好呵护它们，让它们在且末安安静静、快快乐乐地生活，成为我们的朋友。"

看着它们，似乎是朋友。

的确，是朋友！

经常有人会问，24年过去了，保定学院第一批走向且末县任教的那15名毕业生，都留在当地了吗？

可以肯定地回答：是的！

至今，保定学院已有27人在且末县教书。全县只有7万人，据初步统计，其中2万人，是保定学院学生的学生。

不仅如此，在他们的带动下，这些年来，保定学院共有370多名毕业生，走向西部，扎根西部。

这种现象，国内罕见！

这就是可贵的、可喜的"保定学院现象"！

除了前文记录的，还有太多太多的故事……

◎戴黑纱的青年

苏普，男，1979年9月生，保定市徐水区人。2000年毕业于保定学院政教系，随即赴且末县任教。现为中共且末县委党校教员。

2000年7月底，出发去且末的前些天，苏普母亲突然病逝。

望着一夜间苍老许多的父亲，他犹豫了：新疆还能去吗？

说实话，真是不忍心丢下孤零零的父亲，独自远走万里。

父亲仿佛看出了他的担忧，沙哑着嗓子说："去，一定要去，既然签订了协议，咱必须履行承诺。"

那个夏天，苏普眼含热泪、臂缠黑纱，怀着沉痛的心情踏上了西去的列车。

最初5年，他教政治课。送走了一届初中毕业生后，从初中部调到了高中部，在继续任教的同时，还担任了校团委副书记。

由于表现优异，2005年6月，苏普正式调入县委党校工作，从此和同事们一起承担着全县500多名科级以上干部和3700多名党员的教育培训任务。

近些年，为适应新时代党员干部教育新特点，在主体班培训中，苏普突破传统教学模式，不断创新，综合运用了课堂教学、案例教学、互动讨论、视频教学、经验交流、现场体验等教学方法，使培训更加立体化、生动化、实用化。

另外，苏普还多次应邀回到母校保定学院，进行讲演和座谈。在他的直接影响下，不少学弟学妹沿着他们的足迹，走向了西部，走进了西部。

昔日那个戴黑纱的青年，如今不再年轻，早已在且末落地生根，成为一名新疆人。

◎1枚硬币

甄记兜，男，1978年1月生，保定市唐县人。2002年毕业于保定学院数学与计算机系，受学哥学姐们影响，前往西藏任教。现为日喀则市桑珠孜区三中教师，多次获自治区优秀教师荣誉称号。

司会平，女，1977年生，保定市涞水县人。2003年毕业于保

甄记兜、司会平幸福的一家人

定学院中文系，当年入藏，现任日喀则市一中教师。

甄记兜自幼家贫，上学极用功。

俗话说："穷人的孩子早当家。"考入保定学院后，除了入学时的学费由父母支付，剩下几年再没有向家里要过1分钱。

毕业时，西藏某中学到学校招聘教师。甄记兜和系里一个要好的同学都报了名。

过了几天，学校突然通知：名额减少，系里只有一个指标，必须二选一。

当时,那位同学和甄记兜同样优秀,而且去西藏的愿望也同样强烈。

怎么办?

思来想去,两个好友只得用抛硬币的方法决定去留。

"当啷——"

伴随着清脆的声音,甄记兜抛出的1元硬币,正面朝上。

按照约定,他胜出了。

甄记兜庆幸自己选择的是带"1"字的正面。

那个"1"字,后来也成为他在西藏工作的指导准则——为学生一心一意,做事情一步一个脚印。

到西藏后,由于工作需要,学校并没有安排他教本专业,而是担任物理老师。

他虽然有些不情愿,但还是服从了。于是,使出浑身解数,把物理课教得有声有色,经常获得全校教学业务第一名。

为了让孩子们真正爱上物理,他还组织了兴趣小组,每周安排两节物理课外活动,为大家打开了又一扇通向科学的窗口。

课余时间,甄记兜也闲不下来。当时计算机专业的毕业生只有他一人,无论学校还是同事的电脑出了问题,都会找上门来。他总是欣然前往,义务为大家维修。

第二年,保定学院中文系毕业生司会平也来到了西藏。两个年轻人很快就恋爱了,接着是谈婚论嫁,成家生子。

学校照顾他们,特意分配了一套房子,让一家三口扎下根来。

这是一个爱书之家。甄记兜和司会平都喜欢路遥的励志长篇小说《平凡的世界》，因为两人像书中的主人公孙少平、孙少安、田润叶一样，都有过艰苦的童年和青年时代，所以也更加珍惜这平凡而美好的生活。

是的，我们都是平凡的人。正是点点滴滴的平凡，铸就了平平凡凡的甜蜜。

谈起西藏，谈起往事，甄记兜依然清晰地记得毕业那天抛硬币的场景。

那枚硬币，甄记兜一直保存着。

那是他的吉祥物、护身符！

◎故乡的土

王秀坤，女，1980年9月生，保定市曲阳县人，2003年毕业于保定学院中文系，随即赴西藏任教。

那一年7月，王秀坤自作主张签订了赴藏协议。

家里得知后，一致反对，尤其母亲，抑郁了好多天。临行那日，母亲早早起床、做饭。默默地看着她吃完后，母亲终于忍不住，大哭起来。她出门时，母亲恹恹地躺在床上，不发一言。

哥哥把王秀坤送到保定火车站。上车时，突然告诉她，背包里放了一小包故乡的土，那是母亲用细罗一遍遍筛过的。

从拉萨下飞机后，王秀坤忍着高原反应，又坐上了通往日喀则市的大巴。颠簸3个多小时后，到达萨迦县中学。

萨迦县县城非常小，似乎还没有她出生的村庄大，周围全是光秃秃的山。

萨迦没有自来水，学校里只有一口水井，要用辘轳摇水。从井边到宿舍，仅仅十几米，但因为高原空气稀薄，走几步就喘不上气来。拎一桶水，至少要歇3次。

小城经常停电。每每烛光摇曳时，总会产生一种时光倒流的错觉。

教室里，学生们正在上课，一扇扇窗户里是一涡涡明亮的安谧和肃穆。树上的喇叭似支着耳朵，在风中静静地谛听着时间的流动。

看似静美，谁知水土不服，身体出现问题，皮肤过敏，拉肚子，感冒发烧，短短几天就瘦了好几斤。

病中，她恍然想起母亲筛过的故乡的土。

捏一小撮，放进水杯，与药一起吞服。

几天后，竟然慢慢康复了。

随着时间的推移，她渐渐适应了这里的一切。

每天清晨，伴着萨迦寺的钟声醒来，和同事们一起去茶馆喝奶茶、吃咖喱饭。有时候，还会去爬爬山，和学生们一起运动运动。

在萨迦工作1年后，她被调到拉孜县工作。

在这里，她找到了人生的另一半——同样是保定学院毕业生的贾振海。

无论走到哪里，她都携带着那一包来自母亲的土，故乡的土。

◎凋谢的甜美

朱英豪，男，1977年9月生，保定市顺平县人。2000年毕业于保定学院中文系，随即赴新疆且末县任教。现为且末县一中教师。

荀轶娜，女，1980年8月生，保定市曲阳县人。2003年毕业于保定学院英语系，随即赴新疆且末县任教。现为且末县二中教师。

2000年8月，保定学院中文系毕业的朱英豪奔赴且末的时候，学妹荀轶娜刚刚步入保定学院英语系的大门。

缘分就是这么奇妙。万万没想到，素不相识的他们，因为几个

朱英豪在批改学生作业

馒头，3年后在且末县走到了一起。

2003年，同行者大都有了恋情，而朱英豪还是单身。

8月，他和庞胜利在乌鲁木齐培训，侯朝茹打来电话，让他们去火车站迎接一下荀轶娜。

临行时，庞胜利笑着提醒："你要好好表现啊，有意思就主动一些。"

本是玩笑，没想到朱英豪初见荀轶娜还真是动心了。嗬，这个小学妹，中等个头儿，大眼睛，长头发，声音甜美，处处透着一股书卷气。

初到学校，荀轶娜对当地饮食并不适应。每次吃饭时，总是把米饭扒拉给同伴，自己吃得很少。

教书可不是一天两天的事情，这样下去怎么能行呢？

朱英豪寝食难安，对整个县城考察一番后，终于在距离学校不远的地方找到了一家馒头铺。

而馒头，正是荀轶娜最喜欢的。

于是，第二天中午一下课，他就一溜烟儿冲出校门，没多久就捧回几个热气腾腾的馒头，大汗淋漓地出现在荀轶娜面前。

那一刻，她的眼眶里，泪水涨潮。

后来，他们相爱了，在车尔臣河畔约定终身。

有了爱情的滋润，他们在且末的干劲儿更大了，特别是荀轶娜，那段时间正赶上两位英语老师离开，她一人带3个班，每周18节课。

且末的孩子们，英语基础普遍较差，几乎要从零开始。

荀轶娜为了让大家练习发音，带领孩子们一遍遍地朗读，一次次地纠正。

荀轶娜正在辅导学生

由于当地气候干燥，再加上工作劳累，她的嗓子出现问题。

那一天，她正在讲课，突然间说不出话来。用劲儿喊，喑哑。再用力，仍是发不出声音。一刹那，眼前一片黑暗，心里一派悲哀。自己以教书为生，没有声音，如何生存？想到这里，她害怕了，泪水汩汩而下。

课堂上一片寂静，所有的惊讶都凝固成了雕塑。

赶紧去医院检查。诊断结果：声带小结，声带不闭合。

医生建议服药治疗，更重要的是静养。

吃药可以，休息怎么行呢？孩子们的英语刚刚入门，正处在大步前进的关键阶段。她只能咬牙坚持，只是时时吃药，嘴里经常含着药片……

不久，拼命的结果呈现了：第一，孩子们的英语水平大幅上升，当年在全州统考中，名列前茅；第二，她落下了嗓音嘶哑的终身遗憾。

一个美丽优雅的青春女子，从此成为一个喑哑人。

往日银铃般的声音，消失了，远去了。

尽管嗓音可能永远无法恢复，但荀轶娜并不后悔，因为在这里，她找到了人生的另一半，找到了人生的意义！

◎10 枚鸡蛋

周淑杰，女，1979年6月生，河北省涿州市人。2002年毕业于保定学院中文系，随即赴西藏任教。现为白朗县一中教师。

"地域太广袤，交通太困难，空气太稀薄，条件太落后。"

去西藏之前，家人和亲友们磨破了嘴皮，试图打垮她的冲动。

但，周淑杰咬咬牙，决心如磐。

那个夏末，一群年轻人从天南地北会集到日喀则市桑珠孜饭店，等着所属单位接应。

"谁去白朗？"

"我！"

一问一答，就这样确定了自己的归宿。

刚到白朗县时，她们6个女孩儿住在一套带院子的藏式土房里，没有电视，没有网络，只有一台小收音机。每天收听西藏人民广播电台的节目，就是唯一的娱乐。

周淑杰没有退缩，反而暗暗下决心，一定要教会学生们汉语，让他们可以了解外面丰富多彩的世界，将来回馈故乡，建设美丽西藏。

在她所教的第一届学生中，有一个内向的小女孩儿卓玛，成绩很差，尤其是汉语学科，每次考试成绩都是个位数甚至零分。

课上，周淑杰经常提问卓玛，帮她纠正发音；课后，则一遍又一遍地为她领读课文，并鼓励她走出自我的束缚，与同学们大胆交流……

像春风化雨，滋润心田，卓玛渐渐地开朗了、改变了。

知识是阳光、知识是春风、知识是甘霖，而任何幼小的心灵都是一颗沉睡的种子，两者之间似乎有那么一种与生俱来的微妙的天然联系。所以，当卓玛经常沉浸在周淑杰的"小灶"中时，这颗瘦弱的种子就开始慢慢地发芽了。期末考试时，她居然给家里捧回了一张红艳艳的奖状。

假期过后，开学的第一天，卓玛特意去办公室找到周淑杰，递过来一个金属盒。

打开一看，里面铺着一层柔软的羊毛。

羊毛里，整齐地摆放着 10 枚鸡蛋。

原来，这是卓玛全家的谢意！

周淑杰含着眼泪，收下了。那一刻，她更坚定了扎根西藏的想法。

在以后的十几年里，她在西藏嫁人生子，送走了一届又一届学生。

高原上呼啸的野风和暴烈的阳光，虽然送别了她面容的白皙，但她的内心，丰盈而幸福。

鸡蛋，从外打开是食物，从内打开是新生。

那10枚鸡蛋的小主人感谢她。

她，也感谢那10枚鸡蛋！

◎和谐静美

宋玉静，女，1979年3月生，河北省定州市人。2002年毕业于保定学院中文系，随即赴新疆任教。现为和静县高级中学教师。

到达巴州和静县城后，宋玉静发现了一个有趣的现象：虽然和静县地域辽阔，县城却非常小。

以和静县城为例，公路虽是6车道，但路上没有几辆汽车，更多的是载人三轮，仅需1元钱，就能把小城逛个遍。

当地同事不无夸张地说，和静还不是新疆最小的县城，有的县城一个馕就可以覆盖住。

刚开始几年，学校还没有教工宿舍楼，教师和学生混住在一起。

如此条件，宋玉静并没有感觉不方便，反而有了更多与学生交流的机会。

与学生同吃同住，不仅重拾许多美好的青春记忆，也拉近了和学生的距离，更能了解他们的想法，感受他们的情绪。除此之外，宋玉静还会注意收集学生生活中遇到的问题，比如哪个楼层的电灯、饮水机坏了等，及时反馈给学校，大大加快了维修速度。

宋玉静有早睡早起的习惯。在她的带动下，以往赖床不吃早饭的学生，也跟着她的节奏，逐渐养成了健康的生活方式。

2009年，她第一次送自己的学生参加高考。

备考的那几个月，她既高兴又紧张，因为这是新课改前的最后一届高考，如果有学生发挥失常，明年回校复读将会更难。

为此，她放弃休息时间，带领学生们认认真真、字斟句酌地学习，如春蚕食桑，似小鸡啄米，将所有知识点全部纳入腹中。

那一年，学生们考得非常好，班级成绩名列全县第二。

看着一张张因梦想成真而尽情欢笑的脸庞，宋玉静感觉比当初自己考上大学还要高兴⋯⋯

和静，和静，和谐静美。

那美，是青春之美，更是奋斗之美！

◎善意的谎言

黄淑荣，女，1977年10月生，河北省保定市人。2002年毕业于保定学院中文系，随即赴新疆任教。现为和静县高级中学德育主任。

2002年8月18日，是黄淑荣永远无法忘怀的日子。

那一天，她和王立静、宋玉静、张永超、李小宇、王建刚等5位校友，踏上了开往新疆的列车。

经过长途跋涉，到达和静县后，几位年轻人从生活丰富多彩的内地，一下子跨进单调乏味的边疆校园。远离了嘘寒问暖的家人，只有无边无际的思念。

被孩子们亲切地称为"黄妈"的黄淑荣正在给学生授课

她不断在教学上进行探索，所教课程越来越受学生欢迎，学生的成绩也在全年级名列前茅。

2004年春节，离乡一年半的她回家探亲，看到父亲正卧病在床，不禁百感交集。

那段时间，她日夜伺候，尽力弥补缺憾。怎奈时间一点点流逝，开学的日期渐渐逼近。

正月十七返校，没想到5天后，父亲就离开了人世。

为了不影响她的工作，家人竟然一瞒就是3年。

其间，黄淑荣多次询问父亲的病情，得到的答复全是善意的谎言。

直到3年后，她再次返乡，才终于得知实情。

那一刻，失去亲人的悲痛和未能尽孝的愧疚，让她肝肠寸断，纵然在父亲坟前长跪不起，也无法弥补心中深深的遗憾。

之后，有半年时间她都无法独处，只要闭上眼睛，满脑子都是父亲的音容笑貌。

爱人劝她："家里为什么不告诉你，还不是父亲生前有交代，怕你千里迢迢来回奔波，耽误教书。"

的确如此。

为了告慰父亲，黄淑荣把更多精力投入教学和对学生的关爱中，后来不仅担任了高三语文备课组组长，还与同事们一起刷新了和静县高级中学的高考纪录。

◎重庆女婿

赵亚宁，男，1981年6月生，河北省定州市人。2004年毕业于保定学院数学系，随即赴重庆任教。现为合川区合川卓尔实验学校副校长。

2004年5月，赵亚宁报名做西部志愿者后，最早分配的地点，居然是河北省邯郸市的西部农村。虽然不在家乡，但毕竟属于省内，父母勉强同意了。

7月18日那天，异变突起，他被临时调剂到重庆市的合川市（今合川区）。

赵亚宁一下子蒙了，虽然年少轻狂想过出去闯荡，但从没想过要去这么远的地方。

去，还是不去？

他没敢问家人。

于是，他找到辅导员刘老师征询意见。

刘老师说："既然选择了，就要勇敢一点儿，无论走多远，只要好好干，必然会有一番作为。"

赵亚宁备受鼓舞，坚定地踏上了西去的列车。

刚下火车，他便被神秘的山城雾都吸引住了，潮湿的空气轻抚脸颊，宛如贴了一层保湿面膜，这在北方是从未有过的感觉。

军车将他们带到解放军某部军营，先进行为期1周的培训。

培训结束后，他便被分配到合川市渝南职业中学工作。

在学校，他分到1间单人宿舍，这才发现条件不是一般的艰苦，墙上遍布裂缝，蛛网纠缠其中，土灰时而掉落。

正值暑假，教师们出去招生了。校长告诉赵亚宁，可以先回家，开学后再报到。

回家后，再也瞒不住了，父母勃然大怒。

…………

按照学校安排，开学后，赵亚宁担任了1个班的班主任，并负责4个班的计算机教学。

对志愿者来说，节假日格外孤独。但赵亚宁充分利用这些休息时间，对一些家庭困难的学生进行家访。

赵亚宁一直在思考一个问题，那就是计算机专业的孩子们今后到底能干什么、怎样才能找到一份合适的工作。

在认真教学的同时，经过主动联系，他的那批学生终于被深圳一家公司看中，开始了带薪实习。

这，比往常整整提前了1年，可谓是校企合作办学方面的一次重大突破。

…………

两年的服务期就要结束了。有学生问："赵老师，您是不是会离开重庆？"

赵亚宁回答："这里风景独好，我才舍不得走呢！"

是的，他不仅喜欢这个地方，更喜欢这个地方的人。在这里，他已经收获了爱情。

他的爱人，就是重庆本地姑娘肖利。

2007年1月6日，他们举办了隆重的婚礼。

2007年2月，赵亚宁正式到合川卓尔实验学校任教。

从此，他成了一名地地道道的重庆教师！

20年过去了，如今，赵亚宁已经是卓尔实验学校副校长。而他的父母，也早已来到儿子身边，定居合川。

◎西部兴趣

张晓龙，男，1988年11月生，河北省定州市人。2005年毕业于保定学院物理系，随即赴重庆任教。现为酉阳县一中教师。

2005年8月，从保定学院物理系毕业的张晓龙，主动报名支教，被顺利录取。

不久，他被分配到重庆市大足县（今大足区）回龙镇回龙中学。

在大足，顿顿米饭，餐餐麻辣，张晓龙一筹莫展。

总不能还没开始工作，身体就先倒下吧？

不甘认输的张晓龙，重新打起精神，像对待教学一样努力吃饭，渐渐品味出了川菜的美妙。

过了饮食关，还有语言关。在教学中，张晓龙虽然讲的是普通话，但深山里的孩子们却说方言，他讲话孩子们大概能听懂，孩子们讲话他却一句也搞不明白。

语言不通，交流不畅，必须破解这个难题！

起初，张晓龙在班里选了一个粗通普通话的同学做翻译。来来回回几次，问题看似解决了，却非常耽误时间，而且在转述过程中还常常出现信息错误。

于是，他下定决心，一定要学会重庆话，攻克交流难题。

安逸、巴适——满意舒适、不错、爽；要得——好的、可以；假打——虚伪；拈起来——夹起来；好多钱——多少钱；撒子（啥子）——什么……

类似这样的方言常用语，张晓龙记录了满满一大本。教学之余，一有空就拿出来偷偷练习，并经常去菜市场、商场等生活气息浓厚的地方与当地人交流。

功夫不负有心人。经过一段时间，张晓龙不仅能听懂学生说话，而且偶尔在课堂上还会情不自禁地冒出一两句重庆方言，引起阵阵欢笑。

在山区，由于师资不足和教学设备匮乏，学生的物理成绩普遍较差，越差就越没有兴趣，久而久之，便陷入恶性循环。

为了提高大家学习兴趣，张晓龙组织了一个课外活动小组，引导学生们进行小制作，讨论科普问题。

一次，他带领学生们做了小电动机和验电器。把小电动机装进轮船模型，在澡盆里进行了一次试航，惹得众人纷纷围观叫好。

猛然，张晓龙意识到，对于学生而言，兴趣太重要了，好奇心太重要了。

是啊，世界上任何一项伟大事业的开创者，都是拜兴趣所赐，若非如此，麦哲伦怎么可能会乘风破浪去航海？哥伦布怎么可能会发现新大陆？

有老师见张晓龙带学生出去"玩"，就提出疑问："这样子好吗，不影响学习吗？"

张晓龙答："放心，试试就知道了。"

果然，学生们的兴趣慢慢被调动起来后，平均成绩一下子提高了20多分。

…………

任教近20年，张晓龙获得不少荣誉。他最看重的，是"西部志愿者银奖"。

不为别的，只为其中有"西部"两个字。

◎3 年与永远

李海艳，女，1985年5月生，保定市安新县人。2007年毕业于保定学院中文系，随即赴贵州支教。现任职于玉屏侗族自治县人民检察院。

毕业那年，李海艳选择到贵州省松桃苗族自治县二中支教。

根据国家政策，"三支一扶"期限为2至3年，期满后可自主择业。

到达贵州后，经过短暂休整，李海艳便投入工作，接手了初二的语文课，同时还承担6个班的活动课。

因为水土不服，潮湿的环境让她脸上和身上泛起了密密麻麻的疙瘩，痛痒难耐，夜不能寐。去医院看了几次，也没有什么好办法，只能靠涂抹药膏勉强止痒。

另外，饮食不习惯、生活孤独寂寞等，对她来说都是重大考验。

李海艳没有畏惧，以乐观积极的心态投入工作。

深山里的孩子，家境普遍不好。她看到有些学生连学习用品也买不起，就主动从网上购置一些，拿来分给大家。

当地农田少，父母多半外出打工，孩子由爷爷奶奶照顾。

每逢周末，李海艳就会邀请几个留守儿童到她的宿舍，亲自下厨改善伙食。吃完饭，还会带大家去河边捉螃蟹，去山林里采蘑菇。

3年支教期间，她两次获得县级优秀志愿者荣誉称号，并在参加县共青团的一次会议上，认识了同为"西部计划"志愿者的外地大学生刘华。

两人一见钟情。

2010年7月，支教生活结束了。她和刘华都感觉已经离不开这片山清水秀的土地，便选择继续留在贵州工作。

两年后，他们相继通过了贵州省公务员考试，一个成为乡政府工作人员，一个当了人民警察。

3年支教，一生永驻！

◎ 且末是我家

孙彤彤，女，1994年1月生，河北省肃宁县人。2017年毕业于保定学院历史系，随即赴新疆任教。现为且末县一中教师。

在且末采访的时候，我见到了一位高高壮壮却又静静雅雅的女生。说她高，超过大多数男生，达1.85米。她就是孙彤彤。

2017年8月，保定学院历史系毕业后，她主动选择来且末。不是来支教，而是来落户。

她的选择，与侯朝茹有直接关系。

2016年，侯朝茹回到保定学院参加座谈。那一刻，感染了孙彤彤。

到且末二中后，因为同为历史老师，侯朝茹竟然成为她工作上的师父。

侯老师不仅在历史教学上帮助她，在管理班级、备课上课等方面都悉心传授，这让她以最快速度积累了教学经验。

在潜心钻研和前辈的帮助下，孙彤彤很快获得了学生们的认可。

图尔迪·艾尼就很喜欢她的讲课方式："历史有点儿难记，孙老师就给我们讲了很多有趣的故事。她做的PPT，也很精美。"

孙彤彤坦言，来到且末，最初内心并没有归属感，总觉得这就是一个工作的地方。

如今，6年过去了，孙彤彤早已在当地结婚成家、购房置业。

她说，现在对于且末的人和物，甚至风沙，都有了一种熟悉的味道……

◎ **新时代，新风尚**

就在我采访创作这部书的时候，2024年的"西部计划"从3月1日开始报名。

4月初，保定学院的毕业生，又有15名签约。

我马上联系，采访了其中一位。

张强强，2001年8月出生，甘肃省陇南市宕昌县人。让我惊奇的是，他的专业是美术。

张强强告诉我，早在初中时，就对保定学院和那群扎根西部的老师们有了印象。高考那一年，他毫不犹豫地填报了保定学院，并有幸被录取。从此，他从3000里外的故乡，辗转来到保定。

今年毕业，恰逢且末又来招聘。他与父母商量，得到肯定。父母说如果他在且末发展得好，就举家随他过去。于是张强强立即报名，并通过面试，顺利签约。

因为是美术专业，张强强对少数民族服饰纹样非常感兴趣。他希望到新疆后，四处走走看看，记录下大美新疆的自然风光和人文风貌……

与张强强一同签约的，还有14名毕业生。

我了解到，这些将要成行的学生中，不仅仅是农家子弟，更多的是城市子女、干部子女，还有不少是富裕家庭的子女。

到西部去，已经成为时代的风尚！

新时代，新风尚，新出发！

保定学院西部支教毕业生群体扎根西部、建设边疆的故事在社会上传开之后，老校友、国家最高科学技术奖获得者师昌绪院士非常欣慰和感慨。

2014年1月，师昌绪在病床上给同学们写了一封信。

师昌绪，1920年11月出生于徐水县（今保定市徐水区），早年就读于保定学院前身河北省立保定师范学校，被誉为"中国高温合金之父"。他先后当选为中国科学院院士、中国工程院院士，并荣获2010年度国家最高科学技术奖。

他在信中说："看了你们扎根边疆教书育人的事迹，很感动……我今年95岁了，一生经历很多也很复杂，但是，在我心中始终有一个目标，这个目标就是中国的强大，这是每个中国人的梦。这个梦的实现，不是靠投机取巧，必须是实干……"

尾 声

青春的方向

　　一代人有一代人的青春,没有哪一代人的青春之路一帆风顺。

　　青春的底色,永远离不开"奋斗"二字。

一

  太阳下山明早依旧爬上来

  花儿谢了明年还是一样地开

  美丽小鸟一去无影踪

  我的青春小鸟一样不回来

  别的那呀哟别的那呀哟

  我的青春小鸟一样不回来

  别的那呀哟别的那呀哟

  我的青春小鸟一样不回来

  …………

  这是"西部歌王"王洛宾整理创作的著名新疆民歌《青春舞曲》。

  歌词短小精悍，以太阳和花儿做对比，揭示了青春易逝、时光宝贵的人生道理。

  的确，像春天之于四季，青春是人生中最美好、最敏感、最富创造力的时期。古往今来，围绕它创作的艺术作品，浩如烟海。

  1995年6月，我出版的第一本书——散文集《那一年，我十八岁》，其主题，也是青春。

说起来真是巧呢，那时我刚刚从邯郸师范专科学校（邯郸学院前身）毕业，与本书中保定学院扎根西部的毕业生们年龄相仿、出身类似，内心同样敏感、丰富。

翻开那本泛黄的小书，我曾写下这样的句子：

月儿皎好的晚上，我常常在操场上独自徘徊。满天星光灿烂，烁烁如辉如烟，我便拽着一缕隐隐的花香，去寻觅那幽幽郁郁的月魂了。渐渐地，连自己也找不到了。人生，就是一朵游弋的云儿、一声低低的叹息、一滴蒸融的水珠。

夜游的蝙蝠飞来飞去，胡乱地在天幕上涂抹着灰色的弧线。我的心也渐渐地凉了，睁大眼，看天空，相对凝成一个天荒地老的永恒。有时候，我会想，窃窃地想：在远远的高高的一座楼上，有我一间静谧的办公室，桌上放着电话，电话铃整天清脆地响着；我的著作一本本地出版了，在书店柜台上，在人们的手里传阅着；一个白皙、苗条、讲普通话的姑娘，翩翩地走到我身边。那便是我的妻子吗？这时候，我便苦苦地笑了。

…………

我至今仍然不明白，那一年，我为什么突然那么多愁善感。

可见，处在青春期的人们，面对未来世界，内心都充满着太多太多的不确定性，事业、拼争、爱情、梦想、犹疑、快乐、忧伤、热烈、冲动……

蓬蓬勃勃的生命，好似一列列长长的火车，正在日夜不停地沿

侯朝茹、辛忠起等支教老师和在且末实习的保定学院学生

着一条条轨道前行着、前行着。窗外许是偏僻的山村、无名的小寨，许是潺潺流淌的小溪、款款绽放的花丛。但这一切，都幻化成了淡淡的影子，挽不住，也留不下。它们，就这样永不停息地开向那茫茫的远方。

哪里是终点？谁也不知道。

但，汽笛声在隐隐昭示，就是在那所学校的大门口，在那座城市的站台上，在那个细雨蒙蒙的春天里，一群群激情四射却又伤春悲秋的青年人，正式开始了自己的青春之旅……

命运就是如此。在人生的十字路口，由于选择不同、方向不同，随着时间的推移，漫长的岁月都会蒂结出各种各样的果实。酸甜苦辣咸，各自内心知。

哦，人生，来来去去的是时光和岁月，恒恒久久的是感思和记忆。

青春时节，无限选择。人生大计，勿要错过。

选择偏了，便是艰涩、便是遗憾，便是无奈与无缘；把握正了，便是幸福、便是欣慰，便是无悔和无愧……

2023年是"西部计划"实施20周年。

20多年来，全国累计招募、派遣46.5万余名大学生志愿者到西部地区开展基层服务。

路虽远，行则将至；事虽难，做则必成。

日月沉沉浮浮，季节青青黄黄。

新时代以来，中国西部的教育事业，正在发生着细细碎碎却又轰轰烈烈的变化。如今的西部地区，从云贵高原到雪域高原，从天府之国到陇上江南，从塞外戈壁到关中大地，从河西走廊到内蒙古草原，一幅幅社会进步、生活安定、民族团结、人民富裕的新时代壮美画卷，已然徐徐展开……

辉煌的背后，是无数建设者和奋斗者的身影。

那纷纷繁繁的身影里，是一张张青春的脸庞。

青春是什么？

这个问题，每个人都有自己的理解。

于走向西部、扎根西部的他们而言，青春，就是奋斗的过程，就是成长的过程，就是泪水与汗水交融的过程，就是无所畏惧对抗恶劣环境和气候的过程。当然，更是奉献爱心、改造社会、实现人生价值的过程。

毋庸置疑，这群新时代的知识青年，勇敢地选择了一个充满家国情怀的方向。同人民一道拼搏、同祖国一道前进，服务人民、奉献祖国。

那里，正是青春的方向！